W0317692

kremayr
scheriau

SIMONE HIRTH

# BANANAMA

ROMAN

KREMAYR & SCHERIAU

www.kremayr-scheriau.at

MIX
Papier aus verantwortungsvollen Quellen
FSC® C012536

ISBN 978-3-218-01103-7

Copyright © 2018 by Verlag Kremayr & Scheriau GmbH & Co. KG, Wien
Alle Rechte vorbehalten
Schutzumschlaggestaltung: Christine Fischer
Unter Verwendung einer Grafik von: shutterstock.com/mystel
Lektorat: Tanja Raich
Satz und typografische Gestaltung: Ekke Wolf, www.typic.at
Druck und Bindung: Christian Theiss GmbH, St. Stefan i. Lavanttal

Gedruckt mit freundlicher Unterstützung
durch die Kulturabteilung der Stadt Wien
und das Land Niederösterreich.

KULTUR NIEDERÖSTERREICH

WIEN KULTUR

*Handlung und Personen in diesem Roman*
*sind frei erfunden.*
*Jede Ähnlichkeit mit tatsächlich existierenden Personen*
*ist nicht beabsichtigt und wäre daher zufällig.*

1 DIE TOTEN WÖRTER

Ich bin nackt. Es ist Sommer, Nachmittag, und so heiß, dass man selbst im Schatten des Walnussbaums nicht friert. Ich erweitere meinen Friedhof.

Ich bin, wie meistens, allein. Das heißt, ohne andere Kinder. Vater sagt, wir sind Aussteiger. Aussteiger sein bedeutet, das einzige Kind zu sein, das an einer Bushaltestelle aus dem Schulbus aussteigt. Die anderen Kinder bleiben sitzen und fahren weiter in die umliegenden Dörfer, wo sie in Grüppchen aussteigen und in Grüppchen nach Hause gehen. Ich bin mein eigenes Grüppchen. Meine Bushaltestelle ist keine Haltestelle, sondern ein Holzpfahl am Rand der Landstraße, den Vater in den Boden geschlagen und auf den er ein Schild genagelt hat. Auf dem Schild steht in großen, schiefen, bunten Buchstaben: Bananama. Vater sagt, es hat eine Menge Nerven und viel Zeit auf Ämtern gekostet, dieses Schild genehmigen zu lassen und das örtliche Busunternehmen dazu zu bringen, den Schulbus dort für mich anzuhalten. Vater sagt: Die Leute verstehen keinen Humor.

Wir essen niemals Bananen. Vater mag keine Bananen und Mutter sagt: Die brauchen wir nicht. Oder fehlen sie dir?
Ich schüttle den Kopf.
Vater sagt: Du kannst jederzeit Bananen haben, wenn du Bananen willst, mein Kind. Aber du solltest wissen, woher diese Bananen kommen, unter welchen Bedingungen die Leute, die sie anbauen und ernten, leben müssen, unter welchen Bedingungen die Bananen dann zu uns gelangen und wer sich an diesen Bananen bereichert. Du solltest wissen, dass es einmal ein Land gab, in dem die Leute keine Bananen bekommen haben, weil das politische System dieses Landes Bananen nicht vorgesehen hatte. Die Leute in diesem Land haben sich aber

so sehr Bananen gewünscht, dass mehr und mehr Leute das Land verließen. Und als es das Land schließlich nicht mehr gab und die Leute Bananen kaufen konnten, so viele sie wollten, da stellten sie fest, dass Bananen gar nicht so wichtig sind. Sie schmecken zwar, aber nicht so überragend gut, dass man sie unbedingt braucht, um glücklich zu sein. Verstehst du, was ich meine?

Das Wort Banane habe ich längst schon beerdigt.

Vater sagte einmal, man muss seine Angst beerdigen. Ich wusste damals noch nicht, was beerdigen heißt. Ich fragte: Was ist das? Vater sagte: Man gräbt etwas in der Erde ein und dann wachsen schöne Blumen darüber, oder Beerensträucher, oder Bäume.
Ich versuchte es also, sobald ich einen Spaten besaß und der Boden getaut war, mit dem Wort Angst, in Schönschrift geschrieben. Es wuchs nichts darüber, und die Angst kam bald wieder. Ich fand aber Gefallen am Graben, und so versuchte ich es mit anderen Wörtern: Sonne, Tod, Stille, Weißmehl, Entschleunigung, Recycling, Shoppingcenter, Autarkie. Wörter, von denen ich noch nicht wusste, wie man sie schreibt oder was sie bedeuten, mochte ich am liebsten. Ich musste das dann erst herausfinden und üben, bevor ich sie beerdigte. Bald wuchs Gras darüber. Und Gänseblümchen. Ich hielt es für einen guten Anfang.

Über dem Wort Anfang wächst eine Brennnessel. Ich mache stets einen Bogen darum, traue mich aber nicht, sie auszureißen.

Zuerst waren es Wörter. Ich schreibe sie in Schönschrift auf kleine Zettel, langsam, und so oft, bis sie schön genug ausschauen, um sie zu begraben. Aussteiger, schreibe ich heute, denn es ist so heiß und so still, dass ich glaube, jetzt noch besser zu verstehen, was es heißt, einer zu sein. Es gelingt mir gleich beim ersten Versuch, allen Buchstaben den richtigen Schwung zu geben. Ich rolle das Zettelchen ein und stecke es in ein Einmachglas, das ich aus Mutters Regal mit den leeren Gläsern hole. Ich lege eine Handvoll Gänseblümchen dazu, manchmal auch Klee oder Kieselsteine, Nussschalen, Beeren. Dann hebe ich mit meinem Spaten ein Loch unter dem Walnussbaum aus. Vater sagt, es ist wichtig, dass auch Mädchen mit einem Spaten umgehen können, genauso wichtig wie Lesen, Schreiben und Rechnen.

Ich habe meinen kleinen Spaten zum fünften Geburtstag bekommen, da konnte ich längst lesen, schreiben und rechnen, denn Vater hat mich schon unterrichtet, bevor ich in die Schule kam. Die ersten Buchstaben und Zahlen malte er mir auf, als ich allein auf einem Stuhl sitzen konnte. Mein Geburtstag ist im Februar. Der Winter, in dem ich meinen Spaten bekam, war sehr kalt, der Boden gefroren und ich konnte es kaum erwarten, im Frühling mein erstes Grab zu schaufeln.
Eines der ersten Wörter, das ich in diesem Frühling nach dem Wort Angst beerdigte, war das Wort Mitleid. Ich erinnere mich noch gut an die Beerdigung dieses Wortes, denn in den Tagen zuvor hatte Vater es oft benutzt. Er sagte zu Mutter: Dein Mitleid bringt dich nicht weiter.

Oder: Für die großen Ideen muss man sich ein wenig von seinem Mitleid befreien. Mutter schwieg viel in diesen Tagen und beachtete mich kaum. Ich glaube, dass sie manchmal weinte, denn ihre Augen, mit denen sie immer in eine Richtung starrte, bei der ich mich fragte, was sie dort sah, waren oft geschwollen und rot. Während ich also ein Loch für das Mitleid grub, hörte ich Vater und Mutter im Haus plötzlich sehr laut über etwas lachen. Mutter kreischte sehr lustig und Vater rief: Der Frühling ist da, der Frühling ist da, ein Hoch auf Mutter Natur. Mutter kicherte: Du Spinner.
Ich schraubte das Einmachglas fest zu und sagte: Leb wohl.

So mache ich es noch immer, mit jedem einzelnen Wort. Ich lege jedes Glas in ein sorgfältig ausgehobenes Loch, bedecke es mit Erde, bis es darunter verschwunden ist, binde ein Kreuz aus kleinen Ästen und markiere damit jedes neue Grab.
Die toten Tiere kamen erst später dazu. Aber das ist eine andere Geschichte.
Es ist schon ein großer Friedhof unter dem Walnussbaum.

Der Walnussbaum steht schon sehr lange an dieser Stelle. Er weiß mehr als ich, mehr als Vater und Mutter, er ist so riesig, knorrig und alt, dass man ihm alles glauben würde. Schließlich war er schon vor uns da.
Außerdem vor uns da waren: zwei Kirschbäume. Zwei Apfelbäume. Ein Birnbaum. Ein Zwetschgenbaum. Ein Baum mit Früchten, deren Namen ich mir nicht merken

kann, die aber aussehen wie Kirschen und schmecken wie Zwetschgen.
Auch diese Bäume wissen mehr als wir. Sie haben sich alles gemerkt, was jemals hier war und passiert ist. Alles ist in ihre Äste und bis in ihre Früchte hineingewachsen. Vor allem in die, deren Namen ich immer wieder vergesse.
Vater sagt: Sie beschützen uns.
Manchmal finde ich, die Bäume machen sich ein bisschen zu wichtig, sie versperren uns die Sicht über die Grenze unseres Grundstücks hinaus, sie rascheln geschwätzig mit ihren Blättern bei jedem noch so schwachen Wind, und am Ende schweigen sie doch, wenn ich sie etwas frage. Nur der Walnussbaum spendet genügend Schatten, um sich zumindest vor der Sonne zu schützen. Ich bin sicher, er weiß am meisten. Aber auch er rückt nicht mit der Sprache heraus.

Das Haus, in dem ich geboren wurde, gibt es nicht mehr. Ich weiß aber noch, wie es aussah, denn es ist erst ein paar Monate her, dass es hier neben dem Walnussbaum stand. Es hatte zwei schiefe Schornsteine und ein grünes Dach. Das Dach war grün vom Moos. Aus der Regenrinne wuchs eine kleine Birke. An einer Seite schob sich der wilde Wein durch das Fenster, sobald man vergaß, seine Ranken zu kürzen. Die Gartenschere musste immer auf der Fensterbank liegen. Oft verbrachte ich ganze Nachmittage damit, am Fenster zu stehen und darauf zu warten, dass der Wein hereinwuchs. Meine Hand lag auf der Gartenschere, jederzeit bereit, sie zu ergreifen. Ich rührte mich stundenlang nicht. Warten kann ich wirklich sehr gut. Ich kann sogar besser warten als sprechen. Oder gehen. Oder graben. Oder rechnen. Während ich darauf wartete, dass der Wein wuchs, dachte ich an gar nichts. Manchmal schlief ich im Stehen ein. Während meine Augen geschlossen waren, passierte eine Menge in der Welt, von dem ich nichts wusste. Von dem ich besser nichts wissen sollte. Als Aussteiger muss man eine Menge wissen und eine Menge nicht wissen. Man muss gut im Stehen schlafen können, ganz ohne Träume. Man muss Geduld haben, bis das Gemüse endlich reif ist, der neue Fahrer des Schulbusses endlich weiß, dass er in Bananama anhalten muss, bis Mutter einem endlich die neue Hose fertig genäht hat, weil die alte schon viel zu kurz geworden ist, bis man endlich alles vergessen hat, was man gerne hätte, in Bananama aber nicht hat. Letzteres dauert am längsten. Man muss als Aussteiger die Zeit am besten ganz vergessen. Man muss gut mit einer Gartenschere umgehen können.

Als ich die Augen wieder öffnete, war der Wein gewachsen und ich machte schnipp schnapp.

Unser altes Haus atmete, und manchmal schwitzte es. Es fror auch manchmal. Genau wie wir.

Auf der Kellertreppe krochen Nacktschnecken und in der Küche tauchte immer irgendwo eine Ameise auf. Manchmal waren es viele Ameisen. Wenn es zu viele wurden, füllte Mutter eine Sprühflasche mit Essig, mit der ich auf die Ameisen zielen sollte. Das gefiel mir nicht, aber Mutter sagte: Die tragen sonst unser Haus davon.

Neben der Küche gab es eine finstere Kammer voller Regale. Darauf standen Gläser mit eingemachtem Obst und Gemüse.
Die sind noch von der Großmutter, sagte Mutter. Sie war sich selbst nicht sicher, wie lange die Gläser schon in der Kammer standen. Ich habe sie nie eines öffnen sehen. Ich habe die Großmutter nicht mehr kennengelernt.

Ich bin in dem alten Haus geboren, Mutter und Vater nennen es noch immer nur: das alte Haus. Mutter hat mir die Stelle im Wohnzimmer gezeigt, auf den schiefen Dielen vor dem Holzofen. Sie hatte sehr laut geschrien bei meiner Geburt und geglaubt, sie würde sterben und zugleich eine andere werden. Sie hat gesagt: Ich kannte mich selbst nicht mehr, als ich mich hier wälzte, und als ich mich ganz verloren hatte in meinem Geschrei, warst du da.
Vor diesem Ofen bist du zur Welt gekommen, hat Mutter gesagt und gelächelt. Ich wäre in kein Krankenhaus der Welt gegangen, hat sie gesagt, niemand hätte mich an diesem Tag von diesem Ofen wegbekommen, kein Arzt, keine Hebamme und auch die Aussicht auf Schmerzmittel nicht.
Vater hat gesagt: Zum Teufel mit der Pharmaindustrie, sie versucht uns sogar noch während des schönsten Ereignisses, das es im Leben gibt, zu betäuben. Die moderne Medizin heilt nicht, sie macht unser Körpergefühl kaputt. Man *muss* fast zum Aussteiger werden, damit man seine Kinder so bekommen darf, wie man will.
Da hat Mutter geschwiegen und ihr Gesicht hat nachdenklich ausgeschaut. Dann hat sie wieder gelächelt,

als wäre ihr ein schönes Geheimnis eingefallen, das sie aber nicht verraten durfte. Sie hat genickt und gesagt: Ich habe nicht immer genau gewusst, was ich will, aber dafür wusste ich immer ganz sicher, was ich nicht will und weshalb.

Mir gefällt, dass ich zu Hause geboren bin. Obwohl ich sonst kein Kind kenne, das zu Hause zur Welt kam, und obwohl ich sonst alles, was nur auf mich zutrifft und sonst auf kein Kind aus der Schule, nicht leiden kann, über das Wort Hausgeburt freue ich mich noch immer. Ich sage es immer laut und deutlich und stolz, wenn jemand mich nach meinem Geburtsort fragt. Auch wenn mich lange niemand danach gefragt hat.
Als es unser altes Haus noch gab, setzte ich mich oft auf meine Geburtsstelle und versuchte, mich zu erinnern, wie es war, als ich genau da aus Mutter herausgerutscht bin. Ich versuchte, Spuren zu finden im Holz der Dielen oder in den Ritzen dazwischen, ein erstes Haar, das dort noch lag, ein Tröpfchen Blut, irgendetwas. Ich fand nichts, aber die Stelle war eine gute Stelle, eine der Dielen quietschte, wenn man sich bewegte. Ich stellte mir vor, dass sie auch gequietscht hatte, als ich aus Mutter herausglitt und ihr letzter lauter Schrei sofort verstummte und vergessen war, weil sie lachen musste. Man erwartet doch alle anderen Geräusche, aber ein Quietschen erwartet man nicht, wenn ein Kind zur Welt kommt. Ich legte mich oft auf die Stelle, meine Arme und Beine weit ausgestreckt. Ich starrte an die Decke und dachte: Das ist mein Platz. Wenn das Feuer im Ofen brannte, war es auch der wärmste Platz im Haus, der einzige

Platz, wo man liegen wollte, der einzige Platz, wo man auf die Welt kommen wollte. Ich war mir sicher: Das Haus wurde nur gebaut, damit dieser Platz ein Dach hat, damit Mutter dort schreit und stirbt und zugleich eine andere wird, damit Mauern diesen Platz schützen und er eine Adresse bekommt, die man sich merkt.

Jetzt wohnen wir in einem neuen Haus. Es hat nur fünf Tage gedauert, bis es stand. Vater, Mutter und ich saßen daneben und machten ein Picknick, während ein Kran die Wände an ihre Stelle hob und Arbeiter sie ineinander verschraubten.
Das Haus sieht aus wie ein Schuhkarton.
Alles an unserem neuen Haus ist weiß.
Das Haus atmet nicht und schwitzt nicht, es friert auch nicht. Wir schon noch. Wir machen alles wie vorher.
Nur leichteren Herzens, sagt Mutter.
Vater sagt: Wir verbrauchen jetzt viel weniger Energie.

Manchmal vermisse ich die finstere Kammer. Immer wenn ich Angst hatte, konnte ich sie dort einsperren. Ich habe sehr viel Angst. Ich weiß nur meistens nicht genau, wovor.

Ich weiß nicht, was aus dem Eingemachten der Großmutter geworden ist. Ich weiß auch nicht, was aus der Großmutter geworden ist.
Ist die Großmutter beerdigt worden, frage ich Mutter.
Und wo?
Das erkläre ich dir ein andermal.
Ich weiß nicht, wann ein andermal ist.

Ich weiß dafür, wie Trichterwinden ausschauen, und dass sie kaum loszubekommen sind, wenn sie erst einmal an einer Stelle zu wachsen beginnen. Sie wachsen dann bald überall und nehmen alles in Beschlag.
Ich weiß, dass durch das Beerdigen nichts verschwindet. Die Wörter nicht und die Tiere nicht und die Menschen wohl auch nicht. Sie bleiben, im Kopf, in der Luft, die man einatmet, ausatmet. Sie sind da, nur nicht mehr sichtbar. Man wird sie nicht los. Wenn man nur einen Moment lang nicht aufpasst, vermisst man die Menschen, auch wenn man sie nicht kennt. Und man weint um die Tiere. Und nimmt die Wörter schon wieder in den Mund.

Manchmal versuche ich, mir Mutters Schreie vorzustellen, sehr laute und durchdringende Schreie, wie sie sagt. Sie sagt: Ich konnte es selbst nicht glauben, dass solche Schreie aus mir kommen können, das waren keine menschlichen Schreie mehr, sie klangen eher nach einem wilden Tier. Aber diese Schreie waren nicht aufzuhalten, sie füllten das ganze Haus und halfen mir sehr. Ich versuche, mir vorzustellen, wie diese Schreie unser neues Haus füllen, aber es gelingt mir nicht, sie passen nicht recht hinein. Unser neues Haus ist zu geräumig, zu freundlich und zu sauber, um sich solche Schreie darin vorstellen zu können. Ein leises Ächzen oder ein Seufzen könnte gerade noch hineinpassen, aber das hätte Mutter wohl nicht geholfen, das wäre zu sanft gewesen, zu vorsichtig und zu wenig durchdringend, dafür, dass sie dabei nicht weniger als mich aus sich selbst herausschob.

Meine Angst hat auch mit dem Ächzen und Seufzen zu tun. Sie ist nicht wirklich zu hören. Sie ist trotzdem da. Wieder und wieder versuche ich, sie in die Ritzen unserer Holzterrasse zu schieben. Sie sind zu eng.

Unsere Holzterrasse ist auch neu. Sie befindet sich an derselben Stelle, an der hinter unserem alten Haus einmal zwei Steinstufen waren, die in den Garten führten. Ich saß oft auf der oberen Stufe, die schief war und glatt, und wenn die Sonne darauf schien schön warm. Manchmal sah ich von Weitem schon eine Eidechse auf der Stufe sitzen, ganz reglos, und dann traute ich mich nicht, näher heranzutreten, dann ließ ich die Eidechse ungestört sitzen und suchte mir einen anderen Platz. Mit der Eidechse konnte ich ein wenig von meiner Angst dort auf der Steinstufe sitzen lassen. Sie wärmte sich in der Sonne auf und rührte sich nicht. Sie war einfach da und es war für eine Weile in Ordnung.
Nun haben wir die Terrasse aus Holz. Vater sagt: Nicht irgendein Holz, sondern heimisches Eichenholz aus nachhaltiger Forstwirtschaft, PEFC-zertifiziert. Was das bedeutet, erkläre ich dir ein andermal.
Vaters ist stolz auf die Terrasse, denn er hat die einzelnen Holzteile im Internet bestellt und selbst zusammengesetzt. Zu dritt sind wir noch nie auf der Terrasse gesessen, denn dafür war noch keine Zeit und wir haben noch keine Terrassenmöbel. Mutter sagt: Es gibt jetzt Wichtigeres als Möbel. Die Terrasse ist da, und sie kann warten. Wenn genügend Ruhe eingekehrt ist, werden wir noch viele Stunden auf ihr sitzen und uns sonnen.

Ich sage: Aber es ist doch ruhig.
Mutter sagt: Hier schon. Aber nicht in der Welt.
Ich höre ein leises Knistern. Sehr weit weg knistert es, wird ein wenig lauter, dann wieder leiser. Es ist ein unangenehmes Knistern, es kratzt mir in den Ohren. Mir tropft eine Schweißperle vom Haar in den Nacken und kriecht kalt meinen Rücken hinunter, es schüttelt mich. Das Knistern ist wieder verstummt.
Ich will Mutter fragen, was in der Welt Lärm macht, was man dagegen tun könnte, und warum wir ihn hier nicht hören. Oder ob es das Knistern ist. Mutter aber hat sich schon abgewendet und sagt: Ich muss noch ein wenig Buchhaltung machen.
Wenn Mutter Buchhaltung macht, darf ich sie nicht stören. Die Buchhaltung ist wichtig, hat sie mir einmal erklärt, sie hält alles hier zusammen. Wenn man auf sich gestellt ist und unabhängig bleiben will, muss man das mit Köpfchen und Struktur angehen. Ohne eine ordentliche Buchhaltung und eine gute Planung würde Bananama bald auseinanderfallen.
Ich will nicht, dass Bananama auseinanderfällt. Wo sollen wir dann wohnen?

Ich sitze also allein auf dem Holzboden der Terrasse und strecke meine Beine ins Gras. Ich muss über vieles nachdenken. Über den Lärm in der Welt. Über ein andermal. Was oder wann das sein soll, und ob dieses andermal, die Eidechse, die Großmutter, PEFC-zertifiziertes Holz und der Lärm, den wir hier nicht hören, auf irgendeine Weise zusammengehören.
Ich zähle die Grashüpfer, die über meine Beine sprin-

gen, streiche mir eine Zecke von der Wade, bevor sie sich festbeißen und fettsaugen kann.
PEFC, sage ich, PEFC. Ich sage es wie eine Formel auf, und: Ein andermal, andermal, andermal.
Und während ich wieder und wieder PEFC und ein andermal sage, geht langsam die Sonne unter. Es wird kühler und ich höre wieder das Knistern. Ich stecke mir einen Finger ins Ohr, um mich zu kratzen. Aber es hilft nichts. Das Knistern wird lauter. Kommt näher. Ist da. Und jetzt bemerke ich: Es sind die Trichterwinden. Sie wachsen um meine Beine, schlingen sich um meine Waden, Knie und Schenkel, wachsen schneller und schneller. Ich kann mit den Augen kaum mehr verfolgen, wie schnell sie wachsen, knisternd, immer lauter. Ich kann schon nicht mehr aufstehen, die Trichterwinden halten mich nun hier fest, bis ich die Formel verstanden habe. PEFC, ein andermal. Bis ich alles weiß, auch wenn ich es nicht wissen will oder soll. Ich bin Rapunzel. Rapunzel heißt auch ein Salat, den meine Mutter gerne aß, als sie mit mir schwanger war. Ich war verrückt danach, sagt Mutter, und daher wächst nun massenhaft Rapunzel in unserem Garten. Mutter sagt: In Bioqualität. Ich sitze in einem Eichenholzturm hinter Trichterwinden, ich bin ein Bio-Rapunzel, das seine Formeln aufsagt, bis Angst und andermal sich reimen und gemeinsam endgültig beerdigt werden können. Und ein Bananenbaum darüber wächst. Oder eine Antwort. Vorher komme ich hier nicht weg.

Ich weiß auch nicht, was aus der Eidechse geworden ist.

2 DIE TOTEN TIERE

DAS IST DIE GESCHICHTE VON DEN TOTEN TIEREN.

Oder eigentlich: DIE GESCHICHTE, ALS VATER MIR ERKLÄRT HAT, WIE MAN SICH DIE HÄNDE WÄSCHT.

Die geht so:
Einmal fand ich einen toten Maulwurf auf dem Feldweg. Ich wusste, Vater und Mutter mögen Maulwürfe. Sie sagen oft: Die Maulwürfe sind auf unserer Seite. Die Maulwürfe sind unsere liebsten Tiere.
Also habe ich den toten Maulwurf nach Hause getragen und auf den Küchentisch gelegt. Der Küchentisch war noch ganz neu. Der Maulwurf gefiel mir, wie er dort lag. Ich betrachtete ihn lange. Als Mutter in die Küche kam, schrie sie kurz und leise auf. Es war kein freudiger Schrei, eher ein unheimlicher Schrei, sehr leise, fast nicht zu hören. Ich bekam eine Gänsehaut.
Mutter sagte: Du solltest ihn beerdigen, schnell!
Das tat ich. Mutter sah mir vom Küchenfenster aus zu. Ich begrub ihn neben dem Wort Altlast. Ich weiß genau, wo welches Wort begraben ist.

Dann holte Vater mich herein und schob mich ins Bad. Er sagte zuerst gar nichts. Mutter blieb in der Badezimmertür stehen. Dann sagte Vater: Jetzt wollen wir dir mal zeigen, wie man sich die Hände wäscht.

1. Man dreht den Wasserhahn auf.
2. Man nimmt ein Stück Seife.
3. Man macht seine Hände mitsamt dem Stück Seife gut nass.
4. Man dreht den Wasserhahn zu.
5. Man reibt mit dem Stück Seife über seine Handflächen, die Finger, die Handrücken. Man lässt keine Stelle an den Händen aus.
6. Man legt das Stück Seife zur Seite und reibt die Hände aneinander, bis es richtig schäumt.
7. Man dreht den Wasserhahn auf.
8. Man spült den Schaum mit dem Wasser gründlich von den Händen.
9. Man dreht den Wasserhahn wieder zu.
10. Man nimmt ein Handtuch und reibt sich die Hände trocken.
11. Man hat saubere Hände.

Das ist eine langweilige Geschichte. Aber ich wollte sie trotzdem erzählen, sonst wäre der Maulwurf nie beerdigt worden und ich hätte noch immer schmutzige Hände.

Unsere Seife, sagt Vater, ist zu hundert Prozent aus pflanzlichen Rohstoffen, da ist nichts Schlechtes drin.

Ich frage Vater und Mutter: Was kann in einem Stück Seife überhaupt Schlechtes drin sein?
Vater sagt: Mehr, als man denkt.
Mutter sagt: Und als man denken will.

Vater und Mutter wollten dieses neue, helle Haus mit großen Fenstern. Obwohl ihre Lieblingstiere Maulwürfe sind. Wie soll man sie bei dem vielen Licht im Haus denn je zu Gesicht bekommen, wenn nicht tot?
Ich frage Vater und Mutter: Warum haben wir ein so helles Haus, wo die Maulwürfe doch auf unserer Seite sind?
Vater sagt: Das Kind ist nicht auf den Kopf gefallen.
Mutter sagt: Manchmal wünschte ich, es wäre.

Ich langweile mich häufig, weil ich ja sehr oft allein bin. Ich sitze im Gras, auf der Terrasse, unter unseren Obstbäumen, in meinem Zimmer, und stelle mir vor, wie es wäre, wenn es andere Kinder in der Nähe gäbe. Wenn jemand vorbeikommen und nach mir fragen würde. Wenn ich mit jemandem spielen würde, anstatt nichts zu spielen oder immer nur mit mir selbst und ganz leise. Wie es wäre, wenn es nicht langweilig wäre. Was das Gegenteil von Langeweile ist. Ich kann es mir nicht vorstellen. Und meistens langweile ich mich auch ganz gerne, denn während ich mich langweile, bin ich ein leeres Einmachglas, und ich sehe weder Gespenster noch höre ich ein Knistern oder andere Geräusche, von denen ich nicht weiß, woher sie kommen. Während ich mich langweile, ist das Gras grün und der Himmel blau. Ich bin ein Kind, das nicht weiß, was es noch spielen soll

und wozu. Das sich aber auch nicht fürchten muss. Das einfach nur dasitzt.
Ich würde gerne immer so sitzen und es Abend werden lassen.
Eine Freundin zu haben wäre trotzdem schön. Das Sitzen würde nicht so lange dauern und der Abend würde mit einem Lachen beginnen anstatt mit stummen, länger werdenden Schatten.

Ich beneide die Großmutter darum, dass sie so lange in einem Haus wohnen konnte, in dem es eine finstere Kammer gab. So lang, dass sie so viel Eingemachtes in die finstere Kammer stellen konnte, dass jedes Regal in der Kammer ganz damit ausgefüllt war. Obwohl ich nicht weiß, was aus dem Eingemachten nach dem Abriss des Hauses geworden ist. Wir hätten es bei unserem Picknick verspeisen können, als wir zusahen, wie unser neues Haus aufgestellt wurde. Bei diesem Picknick gab es aber nur frische Sachen. Alles knackfrisch, sagte Mutter. Das Wort knackfrisch habe ich später beerdigt. Nichts Eingemachtes.

Vielleicht haben Mutter und Vater das Eingemachte der Großmutter einmal gegessen, während ich schlief.

In unserem neuen Haus ist alles lichtdurchflutet, offen, und es gibt viel zu wenige Türen, die man in Panik oder in Wut zuschlagen kann, dass es kracht. Ich suche wieder und wieder, aber es ist hoffnungslos hell. Und alles bleibt still, selbst wenn man trampelt und ruft. Es quietscht nichts, es knarrt nichts, man ruft etwas in die weißen Zimmer

hinein, aber es hallt nichts heraus. Es gibt nicht einmal Tapeten, hinter die sich etwas wie Angst schieben ließe. Also halte ich mich im Freien auf.
Das Kind liebt die Natur, sagt Vater, und Mutter nickt.

Mutter hat im Internet eine Menge leerer Einmachgläser bestellt. Vater sagt, man muss sich als Aussteiger zu helfen wissen, man muss sich Vorräte anlegen. Die Natur hat alles zu bieten, was man braucht.
Es gibt diese Einmachgläser in vielen verschiedenen Größen. Mutter hat auch gleich ein passendes Holzregal dazu bestellt, in dem jede Glasgröße ihren Platz hat. Kein Stück Regenwald starb für dieses Regal, sagt Mutter, alles Recyclingholz.
Die Einmachgläser sind immer noch leer. Mutter rührt sie nicht an. Weil sie so sauber sind, dass man kaum etwas darin einmachen möchte. Mutter mag es, wenn alles sauber ist. Da behält man den Kopf frei für andere Dinge, sagt sie.
Mutter hat in ihrem Kopf viele andere Dinge, deshalb bemerkt sie nicht, dass ich regelmäßig ein Glas aus dem Regal nehme und eines von weiter hinten nach vorne schiebe.

Wie viele Lücken kann ich mit neuen Gläsern füllen, bis es keine neuen Gläser mehr gibt? Ab wann ist eine Lücke ein Loch und ab wann wird ein Loch gefährlich, weil jemand darin verschwindet? Wenn jemand verschwindet, ist er dann tot oder noch mehr? Und wenn niemand ihn beerdigt, ist er erst dann richtig verschwunden, und wo ist er dann?

Vielleicht mochte Mutter den Maulwurf nicht, weil er tot war. Ich habe danach nie wieder ein totes Tier auf den Küchentisch gelegt, obwohl ich seither viele gefunden habe. Ich spaziere sehr viel herum. Wenn man viel im Freien ist, findet man viele tote Tiere. Ich trage die toten Mäuse, Frösche, Vögel, Igel und Käfer zum Walnussbaum und grabe ein Loch für sie, um sie zu beerdigen, und zwar in Würde, so schnell es geht. Das heißt, bevor sie richtig verschwinden. Danach wasche ich mir die Hände, wie Vater es mir gezeigt hat.

WAS ICH MIR WÜNSCHE:

Was ich mir am sehnlichsten wünsche, ist eine Freundin oder eine Schwester. Eine Freundin zu finden ist schwierig, wenn man ein Aussteiger ist. Es ist eigentlich unmöglich. Also konzentriere ich mich auf die Schwester.
Ich wünsche mir eine Schwester, sage ich zu Mutter. Mutter sagt, dein Vater und ich, wir haben in das Angesicht der Liebe geblickt. Nach Jahren der Verlorenheit auf dieser Welt haben wir uns gefunden, und dafür sind wir sehr dankbar.
Mutter sagt: Wenn man einmal in das Angesicht der Liebe geblickt hat, dann muss man genügsam sein. Wir haben dich bekommen, und das war ein Wunder, weil ich bei deiner Geburt schon viel zu alt war. Du bist gesund, du bist unser Geschenk, und darüber sind wir mehr als glücklich. Mehr können wir nicht verlangen, mehr fordern wir nicht, mehr ist auf der Glücksskala einfach nicht drin. Das Glück ist endlich, weißt du. Es

wäre schiefgegangen, wenn wir deine Schwester bekommen hätten. Es hätte uns alles kaputt gemacht.

Also erfinde ich mir meine Schwester. Es ist einfacher, sich eine Schwester zu erfinden als eine Freundin. Man muss sie nicht komplett neu erschaffen, man hat sie ein bisschen schon in sich drinnen. Den Rest schenkt man ihr dazu.
Meine Schwester verlangt nichts von mir, sie ist still und geduldig. Sie kennt im Gegensatz zu mir keinen Trotz. Sie sieht ein wenig aus wie ich und ein wenig wie eine Fremde. Meine Schwester hat dunkle, ruhige Augen, aus denen sie mich verständnisvoll anblickt. Sie hat eine schmale, feine Nase. Sie ist sehr schlau, hat Sommersprossen, oft schaut sie spitzbübisch drein. Ihr Haar ist kastanienbraun und glatt wie das meine, und ebenso jungenhaft kurz geschnitten. Und doch schaut meine Schwester auch weich aus und mädchenhaft. Sic ist drahtig und flink, und doch ist jede ihrer Bewegungen sanft.
Meine Schwester ist mein Spiegelbild, aber an einem kühlen, klaren Morgen nach einer Nacht, in der es Gewitter gab. Meine Schwester ist ein Vogel, den ich von der Früh bis in den Abend pfeifen höre. Ich wünschte, ich könnte ihm antworten. Ich wünschte, ich könnte seine Sprache sprechen und eines Tages mit ihm fliegen. Meine Schwester ist ein Ribiselstrauch, von dem ich sommers wie winters die roten, süßsauren Beeren zupfe und sie dann auf der Zunge zergehen lasse. Meine Schwester ist meine Tinte. Meine Schwester ist der Schatten, in dem ich an heißen Sommernachmittagen nackt ausgestreckt liege, ohne zu frieren. Meine

Schwester ist mein Schatten und ihr eigener zugleich. Wir verschwimmen ineinander, wir verschwinden ineinander, und können ohne uns nicht sein.

Auch meine Schwester hat sehr oft Angst. Aber sie wurde mit einem Koffer geboren, in den sie die Angst hineinpacken kann.
Das unterscheidet uns.

Ich beneide sie um ihren Koffer. Ich will ihn mir ausborgen, sage ich. Sie gibt ihn mir nicht. Ich streite mich mit ihr darum, ich schreie sie an und beschimpfe sie, bis sie geht.
Ich schleiche ihr nach und warte, bis sie schläft. Ich stehle den Koffer und will meine Angst hineinpacken. Der Koffer ist voll. Er ist voll bis zum Rand, da passt überhaupt nichts mehr rein.
Ich schäme mich. Ich muss mich bei meiner Schwester entschuldigen. Ich werde warten, bis sie wach wird. Sie wacht nicht mehr auf.

Ich beerdige das Wort Angesicht.
Ich beerdige einen Frosch, der schon stinkt.

Wie lange ist etwas neu, bevor es alt ist? Und wie lange ist es dann alt, bevor es zu alt ist und wegmuss? Und was passiert dazwischen?

Ich schäle mit Mutter Kartoffeln. Die Kartoffeln sind aus unserem Garten. Mutter sagt, mit jeder Kartoffel schälen wir ein Stück vom Glück.

Es wären genügend Kartoffeln, um auch meiner Schwester ein Stück vom Glück abzugeben.
Mutter schält die Kartoffeln, ohne das Messer abzusetzen. In langen Spiralen fallen die Schalen in die Schüssel für die Abfälle. Später, wenn ich die Schüssel zum Kompost hinaustrage, werde ich die Spiralen herausfischen und an einem Strauch am Rand unseres Gartens zum Trocknen aufhängen. Nichts von unserem Glück darf weggeworfen werden. Nichts darf verkommen. Wenn wir sparsam sind, dann reicht es vielleicht doch noch zu mehr.

Mutter sagt oft: Wir haben alles, was wir brauchen. Und alles andere brauchen wir nicht.
Mutter verdient viel Geld, obwohl sie nicht zur Arbeit geht, wie die Mütter der anderen Kinder in der Schule das tun. Aber ich bin sowieso nicht wie die anderen Kinder in der Schule. Ich bin die, die in ihre selbst genähten Hosen nicht recht hineinpasst. Ich habe die falschen Maße, ein leerer Stuhl würde besser in den Klassenraum passen als ich.
Mutter hat einen Koffer erfunden, der sie reich gemacht hat. Vater sagt: Mutters Koffer ist unsere Zukunft. In dem Koffer, den Mutter erfunden hat, sind Teile, die man ganz einfach zu einer schwarzen Platte zusammensetzen kann, und wenn man die schwarze Platte in die Sonne stellt, kann man elektrisches Licht damit machen, oder warme Luft, oder sogar warmes Wasser. Wenn die Sonne aufhört zu scheinen, bleiben ihre Strahlen in der schwarzen Platte gespeichert. Wenn man die schwarze Platte an einem anderen Ort aufstellen will, kann man

sie einfach wieder abbauen, in den Koffer legen und damit verreisen.
Vater sagt: Aus Mutters Koffer kommt nicht nur unsere Wärme, sondern auch unser Geld.
Vater verdient kein Geld. Aber er weiß viel, denn er hat lange und viel studiert, das heißt, in Büchern gelesen. Er kann aus nichts alles bauen, was man braucht. Vater liest jetzt keine Bücher mehr. Er hat alle seine Bücher verschenkt. Er sagt: Bücher zu besitzen, das ist in der heutigen Zeit nur Ballast.
Vater hat alles im Kopf, was er wissen muss. Was er nicht im Kopf hat, findet er im Internet. Vater sagt: Man kann viel Schlechtes über das Internet sagen, man kann es sicher, wie alles, missbrauchen, aber es ist vor allem eine Chance – auf unabhängige Bildung, individuelle Auseinandersetzung mit allen wichtigen Themen, Emanzipation von den großen Medien.
Vater sagt: Ich habe immer nur ein Ziel gehabt, nämlich unabhängig zu sein, und das bin ich nun. Mein zweites Ziel wäre die Revolution gewesen, aber darüber kann man nicht allein entscheiden. Die meisten Leute sind einfach nicht frei genug für eine Revolution.
Ich denke, dass Vater schon frei genug ist. Frei genug zu sein, bedeutet, dass man jederzeit ein altes Haus abreißen und ein neues Haus bauen kann, egal, ob die Großmutter das gewollt hätte. Es bedeutet, ein Schild aufzustellen, auf dem Bananama steht, und zu sagen: Das ist die Bushaltestelle für mein Kind, und mein Kind ist so frei, dass es nicht einmal mehr mit dem überfüllten Schulbus fahren muss.

Eines Tages also bleibt mein Stuhl im Klassenraum leer. Vater sagt: Wir nehmen dich aus der Schule, denn dort lernst du nicht das, was man braucht. Du musst nicht mehr hingehen, ab heute unterrichte ich dich wieder ausschließlich zu Hause.
Vater sammelt meine Schulbücher ein und sagt: Schade ums Papier.
Ich weiß nicht, wohin er sie bringt, aber ich weiß, dass ich die Bücher nicht wiedersehen werde. Ich stelle mir vor, dass Vater sie im Garten beerdigt, und darüber dann Bäume wachsen, an denen Zahlen und Buchstaben hängen, die ich regelmäßig ernte.
Ich versuche ab jetzt, alle Gedanken zu Ende zu denken. Es gelingt mir nur schwer, denn die Gedanken hören einfach nicht auf. Sie sind wie Schlangen, die durch mein Gehirn wuseln, ohne Kopf, ohne Po. Vielleicht ist es auch eine einzige Schlange, die sich in sich verheddert hat. Das wäre kein Wunder, so lang, wie sie ist. Ich versuche, zu verstehen, was unabhängige Bildung bedeutet, aber je mehr ich versuche, es zu verstehen, desto mehr hängt jeder Gedanke am anderen, desto chaotischer und wirrer wird alles in meinem Kopf. Die Schlange zappelt. Sie verheddert sich noch mehr, sie verknotet sich in sich selbst. Die individuelle Auseinandersetzung mit den großen Themen traue ich mich gar nicht, in meinen Kopf zu lassen, der mir plötzlich sehr klein erscheint, ich fürchte eine Explosion, einen Krieg der Schlange gegen sich selbst. Ein Krieg, der in einer Katastrophe endet. Und Emanzipation spreche ich lieber nicht einmal laut aus. Ich will, dass die Schlange zur Ruhe kommt, ich will, dass sie schrumpft. Dass sie ein

Gesicht bekommt mit Augen, in die ich schauen kann, um sie zu beruhigen, und einen Po, den sie hinter sich her schleift, an dem ich sie fassen und festhalten kann, und aus dem sie meinetwegen pupst. Dann stinkt es in meinem Kopf, aber damit kann ich wenigstens etwas anfangen, das kenne ich, und es verfliegt schnell.

Nachts träume ich, dass die Bäume über meinen Büchern so hoch wachsen, dass ich die Zahlen und Buchstaben nicht mehr erreichen kann. Ich strecke mich und springe, aber sie hängen einfach zu hoch. Ich versuche, an den Bäumen hinaufzuklettern, aber alle Äste, die ich besteige, brechen mir sofort unter den Füßen weg. Ich hole eine Leiter und steige hinauf, aber je höher ich steige, desto höher wachsen auch die Bäume. Sie wachsen schneller, als ich klettern kann, sie wachsen mir und meiner Leiter nach oben davon. Mir wird schwindlig. Ich sage: Ich will etwas anderes träumen.
Ich träume vom Schulbus, der neben dem Bananamaschild anhält und auf mich wartet. Der Busfahrer wartet eine Weile, er sieht nicht, wie ich einsteige und mich auf meinen Platz setze. Die anderen Kinder werden ungeduldig und rufen: Wann fahren wir endlich weiter, wieso halten wir so lang?
Die anderen Kinder haben schon vergessen, dass es mich gibt. Im Klassenraum sitzt ein anderes Mädchen auf meinem Platz. Keiner bemerkt, dass ich mich an den Rand stelle und zuschaue. In meinem Bauch sitzt ein Loch, das sprechen kann. Ich werde dich fressen, sagt das Loch. Es reißt sein schwarzes Maul auf. Ich schreie, aber es kommt kein Ton aus mir heraus. Unsichtbare

können nicht schreien. Sie können alles nur denken, sie behalten alles für sich. Das Loch in mir schmatzt.

Als ich aus dem Schlaf schrecke, habe ich Hunger. Mein Magen knurrt, aber ich bin wie gelähmt, ich schaffe es nicht aus dem Bett. Mein Hunger ist so groß, dass mir schwindlig davon wird. Ich schließe die Augen und schlafe nochmal ein. Ich träume von einem Schokoriegel.

In der Früh sehe ich durch das Fenster ein Wildschwein, das sich über die getrockneten Kartoffelschalen, die im Strauch hängen, hermacht.
Unser neues Haus hat nach allen Seiten hin sehr große Fenster.
Die Wildschweine kommen nachts über die Felder vom Wald zu uns in den Garten.
Der Wald ist nicht weit.
Vater sagt: Wer kann das schon von sich behaupten? Den Wald in der Nähe. Wildschweine im Garten. Das ist Lebensqualität.
Ich stelle mir vor, wie ich das Wildschwein beerdige. Am Nachmittag beerdige ich das Wort Revolution.

Ich werde das Glück höher hängen müssen.
Ich werde einen Koffer erfinden, in dem Bausteine sind, aus denen man sich eine Welt zusammenbauen kann, wie sie sein soll: voller Ribiselsträucher, ohne Angst, mit etwas weniger Lebensqualität, dafür aber mit Nachbarn, die direkt neben einem wohnen, manchmal unverhofft vorbeischauen und einen Schokoriegel mitbringen. Wenn sie nicht unverhofft vorbeischauen, kann

man einfach zu ihnen rüberlaufen, wann immer man möchte, an ihrer Tür klingeln und einen lustigen Nachmittag bei ihnen verbringen.

WAS ICH MIR WÜNSCHE:

Ich wünsche mir, endlich wieder einen Schokoriegel essen zu dürfen. Ich bin dünn und selten krank, Mutter dagegen ist schon etwas rundlich und hat häufig Kopfweh, obwohl sie niemals Schokoriegel isst, weshalb ihr Argument, dass Schokoriegel dick machen und ungesund sind, eigentlich ungültig sein müsste.

Ich weiß nicht, was aus der netten Frau geworden ist, die zwei oder drei Mal unverhofft bei uns vorbeischaute, als unser altes Haus noch stand. Sie sagte: Ich bin die Nachbarin und ich freue mich, wenn wieder Kinder hier toben.
Sie schenkte mir jedes Mal einen Schokoriegel. Seit wir in unserem neuen Haus wohnen, war sie kein einziges Mal bei uns. Ich weiß nicht, wo genau sie wohnt, denn rings um unser Haus steht kein einziges anderes Haus. Man sieht nur Felder und dahinter den Wald. Und dieser Wald, sagt Vater, das ist noch ein richtiger Wald. Darin kann man sich noch verlaufen, sagt er, dort darf die Natur noch sein, was sie ist.

WAS VATER MIR BEIBRINGT:

BIOSPHÄRENPARK – Eine international repräsentative Land-, Wasser- oder Küstenregion, in der nachhaltige

Entwicklung gelebt wird. Ein Biosphärenpark dient dem Schutz und dem Erhalt von Lebensräumen. Er ist eine Art Freiluftlabor, in dem innovative Methoden getestet werden, wie Natur und Mensch durch optimales Management in Einklang gebracht werden können.

Du sollst das nicht auswendig lernen, sagt Vater, du sollst es verstehen.

Ich habe verstanden, dass das Wort Biosphärenpark ein so großes Wort ist, dass ich mich nicht traue, es zu beerdigen. Stattdessen beerdige ich das Wort nachhaltig und denke, dass die Nachbarin wahrscheinlich im Wald wohnt und nicht mehr kommt, weil sie sich entweder darin verlaufen hat oder viel zu tun hat in ihrem Freiluftlabor.

Ich sage zu Vater, dass die Nachbarin wahrscheinlich einen guten Grund hat, warum sie nicht mehr kommt. Er lächelt und nickt. Die Menschen sind unzuverlässig, sagt er, und streicht mir über den Kopf. Wer hin und wieder unverhofft vorbeischaut und Schokoriegel mitbringt, der tut das schon bald nicht mehr und ist auch nicht unbedingt ein guter Mensch, sagt er, merk dir das! Ich merke es mir, fand die Nachbarin aber trotzdem nett, denn jedes Mal, wenn sie kam und ich in den Schokoriegel biss, hatte ich keine Angst.

Ich frage Vater und Mutter: Wo habt ihr eure Angst beerdigt und wie tief, oder hattet ihr nie welche, und wenn es so ist, wie geht das?

Vater sagt: Wir hatten keine Angst, wir hatten unsere Lieder. Als deine Mutter und ich uns kennenlernten, da haben wir sehr viel gesungen. Wir dichteten aus allem ein Lied. Wir sangen das Lied vom Gemüsegarten. Wir sangen das Lied von der Stille. Wir sangen das Lied von den Überzeugungen, das Lied vom neuen Menschen und das Lied von der Autarkie. Wir sangen ein Lied gegen alles, was alt und verbraucht war. Wir sangen das Lied von einer Welt, in der wir so wie bisher nicht mehr leben wollten. Wir sangen das Lied von der Flucht nach vorn. Wir sangen das Lied von den Wildkräutern und vom Fallobst, das wir kiloweise aufklaubten und aßen und das uns bis heute glücklicher macht als jede Fernreise, jede exotische Frucht.

WAS ICH MIR WÜNSCHE:

Ich wünsche mir, dass ich singen kann. Es klingt kläglich, wenn ich es versuche. So sage ich die Lieder von Vater und Mutter eben auf, aber es ist nicht das Gleiche. Es klingt wie Sand, der aus einer Uhr gerutscht und auf den kühlen Fliesenboden gerieselt ist. Jemand geht mit glatten Sohlen darüber, und das ist so ein unangenehmes Geräusch, dass man Gänsehaut bekommt.

Ich beerdige noch einmal das Wort nachhaltig, weil Vater es in seiner Unterrichtsstunde so oft verwendet hat, dass ich denke, es ist genug.

Diese Welt, in der Vater und Mutter nicht mehr leben wollten, war entweder sehr schrecklich oder sehr schön. Insgeheim hoffe ich, dass es das Schöne war, das sie nicht mehr ertrugen. Dass sie vor lauter Lachen keine Luft mehr bekamen, und um wieder atmen zu können, mussten sie gehen. Ich hoffe, dass ich mich an das Schöne gewöhnen könnte, wenn ich mich doch einmal in diese Welt verlaufen sollte.

Wenn es aber das Schreckliche war, würde ich mich nicht daran gewöhnen wollen. Auch wenn ich keine Vorstellung davon habe, was und wie dieses Schreckliche ist. Es ist einfach, sich etwas Schönes vorzustellen. Einen Tisch, auf dem viele duftende Kuchen stehen. Bunte, fremdartige Blumen, die mitten auf den Straßen wachsen. Luftballons, die in den Himmel aufsteigen, so viele, dass man den Himmel nicht mehr sieht. Musik, von der man nicht weiß, woher sie kommt, bei der man aber auf der Stelle mitsummt. Ein dicker, lustiger Hase, der durch ein Kaufhaus hoppelt.
Aber etwas Schreckliches, das will mir nicht in den Kopf. Knistert es? Brüllt es einen an? Tut es weh und wo? Ich würde es gerne kennenlernen, nur, um es zu verstehen. Dann könnte ich mich dagegen wehren. Dann könnte ich mir etwas dagegen ausdenken.

Vielleicht wäre es so schrecklich, dass ich es gar nicht verstehen könnte. Ich könnte dann auch gar nichts dagegen tun. Höchstens Witze erzählen: Wie heißt ein Bumerang, der nicht zurückkommt?
Stock.

Treffen sich zwei Kannibalen. Fragt der eine: Weißt du, wie ein Clown schmeckt?
Sagt der andere: Ja. Komisch.

Ich habe das Gefühl, dass es eher das Schreckliche ist, das Vater und Mutter aus der Welt vertrieben hat. Manchmal kann ich etwas davon riechen, oder fühlen, mit einem Sinn, der noch keinen Namen hat. Etwas von dem Schrecklichen gelangt zu uns nach Bananama, fast unbemerkt, es gelangt in mich hinein und grummelt leise in meinem Bauch.

Ich liege unter dem Walnussbaum und schaue einem Flugzeug nach, das den Himmel quert. Mutter zupft mit spitzen Fingern an den Tomatenpflanzen und entfernt die verwelkten Blätter. Das Flugzeug ist so laut, dass sie ihren Kopf hebt und ihm nachsieht.
Mutter sagt: Lärmbelästigung ist das. Da kann man wer weiß wo hinziehen und wird diese Monster nicht los.
Ich stelle mir vor, dass das Flugzeug voll brüllender Monster ist. Sie brüllen, dass es uns in den Ohren dröhnt. Ich halte mir die Ohren zu. Als das Flugzeug längst fort ist und Mutter wieder im Haus, beerdige ich die Monster. Nichts ist mehr zu hören. Ich mag auch die Stille nicht, denn man kann sich die Ohren dagegen nicht zuhalten.
Ich schließe die Augen. Ich stelle mir ein Flugzeug vor, das leise über den Himmel surrt. Das Surren gefällt mir, es wärmt meinen Bauch und macht die Sonne noch gelber. Das Flugzeug ist eine riesige Biene.

WAS VATER MIR BEIBRINGT:

BIENENSTERBEN – Eines der größten, jedoch viel zu wenig wahrgenommenen Probleme unserer Zeit, das in den letzten Jahren ein immer größeres Ausmaß angenommen hat. Bienenvölker sind stark gefährdet durch Faktoren wie:

a) den Verlust ihres Lebensraums durch industrielle Landwirtschaft und Zerstörung vieler Ökosysteme durch den Menschen
b) den Einsatz von Pestiziden
c) die massive Honigproduktion, die eine artgerechte Bienenhaltung kaum zulässt
d) den Klimawandel

Vor allem eines wird im Umgang mit diesem Thema oft nicht bedacht: Sterben die Bienen, so sterben auch die Menschen.

Ich öffne die Augen, das Flugzeug stürzt ab. Einmal habe ich eine tote Biene gefunden und mich nicht getraut, sie zu beerdigen, weil ich nicht sicher war, ob ihr Stachel, auch wenn sie tot ist, noch sticht. Mir wird schlecht, wenn ich daran denke, dass mit der Biene auch ein Mensch gestorben ist, und ich weiß nicht, wer es war.

Vielleicht war es die Großmutter, oder meine Schwester. Ich übergebe mich.
Mutter kocht mir einen Tee aus frischer Pfefferminze und sagt: Dieser Fluglärm macht uns sogar hier noch alle krank.

Ich lege eine Liste an, darauf mache ich für jede lebendige Biene, die ich sehe, einen Strich. Vater streicht mir über den Kopf und sagt: Du hast schon mehr verstanden, als so mancher deiner ehemaligen Lehrer je verstehen wird.
Aus Ästen und Rindenstücken bastelt Vater mit mir ein Insektenhotel, in dem die Bienen sich ausruhen können.
Ich warte und warte, aber es fliegt keine Biene hinein.
Vater lacht und sagt: Da siehst du, wie klug sie sind. Sie wollen eben kein Luxushotel.
Die meisten Menschen wissen gar nicht, wie der frisch geschleuderte, naturreine Honig eines glücklichen Bienenvolks schmeckt.
Wir wissen das, denn Vater fährt jede Woche mit dem Fahrrad zum Tauschkreis in die Stadt. Dort treffen sich Gleichgesinnte, sagt er, und tauschen Dinge aus oder Arbeitszeit, ganz ohne Geld. Auch ein Imker ist beim Tauschkreis, von dem bekommen wir große Gläser voll frisch geschleudertem, naturreinem Honig, die Mutter dann öffnet, um mir ein Honigbrot zu schmieren. Jedes Glas lässt sie dann in einem Schrank verschwinden, der so hoch hängt, dass ich ihn nicht erreichen kann, auch wenn ich auf einen Stuhl steige. Es müssen in diesem Schrank schon sehr viele Honiggläser stehen, denn ich habe Mutter und Vater noch nie ein Honigbrot essen sehen. Mutter schmiert mir aus jedem neuen Glas auch immer nur ein einziges Brot und sagt dann: Das ist genug Zucker für heute.
Ich weiß nicht, was genau und wie viel Vater gegen den Honig eintauscht. Meist erntet er im Garten hastig ein paar Büschel Pfefferminze oder sammelt Walnüsse auf,

bevor er zum Tauschkreis fährt. Manchmal nimmt er auch ein kleines Möbelstück mit, das wir nicht mehr brauchen. Er sagt: Alles nur Ballast, und ein anderer freut sich darüber.

Ich frage Vater nicht, ob er mich einmal zum Tauschkreis mitnimmt. Seine Augen funkeln verschwörerisch, wenn er davon spricht, als wäre der Tauschkreis etwas Geheimnisvolles, Erhabenes, zu dem nur wenige Zutritt haben, nur Gleichgesinnte. Ich bin nicht sicher, ob ich eine Gleichgesinnte bin. Ob ich bereit bin, alles zu tauschen. Oder ob diese Gleichgesinnten gar keine Menschen sind, sondern schon etwas anderes, etwas, das aus einem wird, wenn man vollkommen ausgestiegen ist, etwas Größeres, wovon ich noch weit entfernt bin. Ich habe noch immer Sehnsucht nach unserem alten Haus.
Eines Tages nimmt Vater das Insektenhotel mit zum Tauschkreis. Ich bin traurig. Ich sage aber nichts, denn Vater soll nicht denken, dass ich dümmer bin als eine Biene.

Wenn Vater keinen Honig mitbringt, bringt er Säcke voll Obst mit, die dann auf dem Küchentisch liegen, bis sie nach alten Schuhen riechen oder nach Fisch. Dann macht Mutter Saft daraus, den Vater wieder zum Tauschkreis bringt, weil wir nicht so viel Saft brauchen. Wir trinken meistens nur Wasser. Vater sagt: Für unser eigenes sauberes Wasser haben wir schließlich den Brunnen graben lassen.
Mutter sagt: Und der Brunnen samt Filter war teuer, fast so teuer wie das ganze Haus.

Das Obst, das an den Bäumen in unserem Garten wächst, bleibt hängen, bis es von selbst herunterfällt. Dann bleibt es liegen, bis Vater es einsammelt und in mehreren Schubkarrenladungen zum Kompost schiebt.
Manchmal hebt auch Mutter ein oder zwei Äpfel auf und trägt sie zum Kompost. Sie macht ihre Finger ganz lang und sieht die Äpfel zwischen ihren Fingerspitzen nicht an.
In dem Obst muss etwas Schlechtes sein. Etwas, das hineingewachsen ist und man jetzt nicht mehr herausbekommt.
Ich sage: Ich mag kein Obst. Warum haben wir so viel davon?
Vater sagt: Wenn man ohne Geld auskommen will, darf man keine Ansprüche haben. Dann muss man nehmen, was es gerade gibt, und das Beste daraus machen.
Ein guter Kompost, sagt Mutter, ist mehr wert als Gold. Das ist das Kapital der Natur. Und damit auch unseres.

WAS VATER MIR BEIBRINGT:

KAPITAL IN FORM VON GELD – Die Wurzel allen Übels. Nur wenn wir uns vom Geld lossagen, können wir wirklich frei sein. Es kann eine Welt geben, in der Geld keine Rolle mehr spielt. Wir müssen nur umdenken, uns neu organisieren, im Kleinen beginnen, jeder für sich.

Bis jetzt habe ich Kapital in Form von Geld immer nur in Mutters Händen gesehen. Manchmal sitzt sie am

Küchentisch und zählt es, steckt es in eine Dose und stellt die Dose in ihren Kleiderschrank. Seit Vater mir alles über Geld beigebracht hat, nehme ich regelmäßig einen Schein aus der Dose und beerdige ihn. Ich stelle mir vor, ich besuche mit Vater den Tauschkreis, sobald die Dose leer ist. Ich nehme die leere Dose mit und tausche sie gegen einen Koffer, der voller Freiheit ist. Ich weiß nicht, wie diese Freiheit, die in einen Koffer passt, aussieht, aber sobald ich den Koffer öffne, weiß ich, dass sie es ist.

Ich hoffe, dass die Freiheit nicht wie Kompost aussieht, nur weil sie in einen Koffer passen muss. Vielleicht sieht sie wie eine Puppe aus, die viele verschiedene Kleider zum Wechseln hat.

WAS ICH MIR WÜNSCHE:

Ich wünsche mir eine Puppe, die aussieht wie meine Schwester. Ich würde ihr viele verschiedene Namen geben, damit meine Schwester sich einen aussuchen kann. Ein einziger Name war meiner Schwester zu wenig und sie ist deshalb gar nicht erst zur Welt gekommen, aus Trotz. Du bist trotzig wie ein alter König, sagt Mutter manchmal zu mir, und vielleicht ist meine Schwester die Königin. Und noch viel älter als der alte König. Sie wollte so viele sein, dass sie niemand geblieben ist. Meine Puppe muss viele Kleider haben, damit sie immer wieder anders aussieht. Damit sie nicht bleiben muss, wer sie nicht ist. Und immer, wenn ich sie umgezogen habe, ist sie noch schöner als vorher, immer die allerschönste Puppe, und das, obwohl sie industriell gefertigt ist.

Ich sage: Mutter, ich wünsche mir eine Puppe.
Mutter sagt: Dieses industriell gefertigte Spielzeug ist nicht nur seelenlos und pädagogisch wertlos, sondern nicht einmal schön.
Ich nähe dir eine Puppe, wenn ich den Kopf dafür frei habe. Für so etwas muss man sich Zeit nehmen, wertvolle Dinge brauchen Raum und Geduld.

Ich sitze auf dem Klo und übe mich in Geduld. Unter mir regnet es, wenn ich den Spülknopf drücke. Ich drücke ihn wieder und wieder. Ich liebe den Regen. Das Regenwasser, das aus dem Himmel kommt, sammeln wir in einem großen Behälter. Wenn man den Knopf drückt, regnet es in unser Klo. Das ist das Einzige, was mir an unserem neuen Haus gefällt: Ich kann es regnen lassen, wann immer ich will, und es regnet verkehrt herum, nämlich unter mir hindurch und nicht auf mich drauf. Das ist, als würde das Gras rückwärts wachsen, als würde ich auf den Händen gehen, zuerst alt sein, bevor ich jung bin, als würde ich die Großmutter noch kennenlernen, bevor ich sie nie sah und nie auf ihrem Schoß gesessen habe, und der Schwester zum Abschied winken, bevor sie nicht geboren wurde. Auch die Sonne scheint mir von unten entgegen, aus den Maulwurfshügeln und Mauselöchern scheint sie. Und während ich warte, dass Mutter mir eine Puppe näht, fühlt das Warten sich nicht mehr wie Warten an, sondern wie Regen. Die Zeit regnet den Abfluss hinunter, und mit ihr die Langeweile und das Alleinsein, die Stille und die toten Tiere, das Geld und das viele, viele Licht in unseren Zimmern, die Angst und die noch größere Angst und die Träume, und was ich alles noch nicht gesehen habe und was es hier bei uns nicht gibt, das Schreckliche und das Schöne, die Welt hinter dem Wald, der Wald hinter dem Biosphärenpark, die Ahnungen, und wovon wir zu viel haben: Tomaten und ungezählte Koffer voll Kompost. Alles wird mit dem Regen hinuntergespült, ganz leise gluckernd, und ich werde trotzdem nicht nass.

Das gute Leben erfordert Geduld, sagt Vater. Das gute Leben gibt es nicht auf Knopfdruck.
Außer auf unserem Klo, sage ich und Vater lacht.

WAS VATER MIR BEIBRINGT:

RESSOURCENKNAPPHEIT – Der moderne Mensch will zu viel in zu kurzer Zeit. Dafür verschwendet er unnötig und kopflos wertvolle Ressourcen. Er geht davon aus, dass das globale Wachstum endlos andauert. Das ist ein gefährlicher Irrtum. Nichts kann ewig wachsen. Nichts ist für immer und grenzenlos vorhanden. Unsere Ressourcen werden immer weniger. Der Mensch will aber immer mehr. Das kann nicht gut gehen. Da beißt sich die Katze in den Schwanz.

Einmal begegne ich auf dem Feldweg einer Katze ohne Schwanz. Ich erschrecke. Ich höre sofort auf, mir eine Puppe zu wünschen. Ich will die Katze streicheln, aber sie läuft davon und verschwindet im Wald. Ich folge ihr nicht.

Ich erzähle Vater und Mutter nichts von der Katze. Den ganzen Tag ist mir übel und ich bringe kein Wort mehr heraus. Ich helfe Mutter bei der Gartenarbeit. Mutter zupft die welken Blätter von den Pflanzen. Ich sammle sie ein und bringe sie zum Kompost. Sogar der Kompost ist mir unheimlich geworden. Der Haufen wächst und wächst, und auch die Pflanzen wachsen und welken, wachsen weiter, und immer neu, es hört einfach nicht auf. Es wird zu viel, denke ich. Es wird alles viel zu viel.

Wenn ich erwachsen bin, will ich lieber keinen Garten haben, der endlos wächst. Ich will gar nichts haben, außer einem Koffer voll Mut, um damit in den Wald zu laufen und die Katze ohne Schwanz zu streicheln.

Ich war noch nie im Wald und noch nie in der Welt hinter dem Wald. Ich kenne nur das Dorf, in dem ich zur Schule gegangen bin, aber das liegt auf der anderen Seite hinter den Hügeln. Eine Straße führt dorthin. Zum Wald führt nur der schmale Feldweg. Ich traue mich nicht mehr in den Wald, seit ich von dort einen Schrei gehört habe. Aber das ist eine andere Geschichte.
Ich will nichts mehr erzählen, nichts mehr hören und sehen. Ich will schlafen gehen.
Händewaschen nicht vergessen, ruft Mutter.
Ich wasche meine Hände gründlich und als ich im Bett liege, ist es noch hell.

WAS ICH MIR WÜNSCHE:

Ich wünsche mir nichts mehr, außer ein kleineres Fenster, oder wenigstens eine Gardine, die man zuziehen kann, wenn man will, dass der Tag nicht mehr wächst.

Ich träume, dass Vater mir das Haar schneidet, weil es vom globalen Wachstum befallen ist. Es nützt aber nichts, denn mein Haar wächst viel schneller, als Vater schneiden kann. Kaum ist es kurz geschnitten, wächst es schon wieder. Vater hat keine Chance. Mein Haar wird länger und länger, ich versuche, es zu kämmen, aber es wächst schneller, als ich es kämmen kann. Mein Haar wächst aus meinem Zimmer hinaus, durch den Garten, es wächst über unser Grundstück hinaus und weiter, auf die schmale Straße, am Bananamaschild vorbei und die Straße hinunter, und weiter, die ganze Schulbusstrecke wächst es, bis ins Dorf. Mein Haar wächst bis ins Wirtshaus hinein, in dem ich noch nie gewesen bin, in dem die anderen Kinder aber von der Wirtin ein Eis bekommen, wenn sie mit ihren Eltern sonntags dort essen. Mein Haar wächst schneller, als ich denken und Vater es verbieten kann, bis vor die Füße der Wirtin. Sie legt ein Eis am Stiel auf mein Haar. Jetzt muss ich mein Haar nur noch zu mir ziehen und schon habe ich ein Eis am Stiel, das ganz köstlich schmeckt. Den Stiel bewahre ich auf und sobald ich wach bin, werde ich ein Kreuz daraus basteln.

Ich beerdige das Wort Globalisierung. Ich beerdige das Wort Ballast. Ich will auch das Wort Geduld beerdigen, aber es gelingt mir einfach nicht, es in Schönschrift zu schreiben. Ich werfe den angefangenen Zettel ins Klo und lausche lange dem Regen, der laut plätschert, sodass nichts mehr außer Regen zu hören ist.

DAS IST DIE GESCHICHTE, WIE ICH EINEN SCHREI AUS DEM WALD HÖRTE.

Oder eigentlich: DIE GESCHICHTE, WIE VATER MIR ERKLÄRT HAT, WIE MAN DIE TÜR ZUSPERRT.

Die geht so: Einmal stand ich am Waldrand und aß Himbeeren. Dort wachsen eine Menge Himbeersträucher und es hingen viele, dicke Himbeeren daran. Sie schmeckten so süß, dass ich nicht genug davon bekommen konnte. Ich aß im Stehen und sehr hastig, die Himbeeren schmeckten zu süß und zu gut. Meine Hände waren schon ganz rot vom Himbeersaft, und auch vom Blut, weil ich sie mir vor Gier und Hast an den Stacheln der Sträucher aufriss und zerkratzte. Ich war so mit Pflücken, Kauen und Schlucken beschäftigt, dass ich alles um mich vergaß. Es war ein richtiges Himbeerfest, ich grunzte leise, weil ich in der Eile fast keine Luft mehr bekam, und lachte mit vollem Mund vor lauter Süßem in mir.
Da hörte ich einen Schrei. Hoch und schrill. Und nicht sehr lang, aber lang genug. Ich zuckte zusammen. Einen Moment lang hörte mein Herz auf zu schlagen. Dann begann es wieder, laut und heftig und schnell. Bis in meine Zehenspitzen hinunter schlug es. Ich konnte kaum stehen.

Es war kein lauter Schrei. Aber es war ein Schrei, und er klang nicht so, wie ich mir Mutters Schreie während meiner Geburt vorstelle, nicht wie der Schrei eines wilden Tieres. Dieser Schrei war der eines Menschen, und er klang fürchterlich und war mit nichts zu vergleichen. Die Himbeeren fielen mir aus dem Mund. Ein trockener Husten saß mir auf der Stelle im Hals, den ich mit Mühe unterdrückte. Ich röchelte, dann hielt ich den Atem an. Kein Mucks mehr. Ich stand still. Es war nur ein einziger Schrei, nichts weiter. Ich dachte sofort an die Nachbarin mit den Schokoriegeln, die nicht mehr kam und die sich vielleicht im Wald verlaufen hatte. Aber es war ein Mann, der geschrien hatte, ganz eindeutig.
Ich blieb stehen und rührte mich nicht. Nur die Vögel zwitscherten noch.
Kein Rascheln, kein Knacksen, kein weiterer Schrei. Nur noch die Vögel.

Als wäre nie etwas außer Vogelgezwitscher gewesen.
Ich weiß nicht, wie lange ich so reglos stand. Ich weiß kaum mehr, wie ich nach Hause kam. Schnell muss ich gewesen sein, gestolpert muss ich sein, denn als ich zu Hause in unserer hellen Küche saß, kroch Blut aus meinen aufgeschlagenen Knien und Mutter zupfte mir Gras aus dem Haar.
Es hat einer geschrien im Wald, sagte ich, im Wald hat einer geschrien.
Mutter sagte kein Wort. Vater sagte: Dann wollen wir dir jetzt mal zeigen, wie man die Tür zusperrt:

1. Man steckt den Schlüssel ins Schlüsselloch.
2. Man dreht den Schlüssel zweimal ganz herum.

3. Man drückt noch einmal die Türklinke runter und testet, ob die Tür auch wirklich zugesperrt ist.
4. Man lässt den Schlüssel im Schlüsselloch stecken.
5. Ganz wichtig: Man lässt den Schlüssel im Loch stecken, damit von außen kein zweiter Schlüssel reinpasst.
6. Man kann sich sicher fühlen.

Ich kann mich nicht erinnern, dass die Tür vorher jemals zugesperrt war oder dass ich je zuvor einen Schlüssel bei uns sah. Nach diesem Tag ist sie öfter zugesperrt und der Schlüssel steckt immer. Einmal frage ich Vater: Wenn wir jetzt die Tür immer zusperren müssen, sind wir dann eingesperrt in Bananama, sind wir dann nie wieder frei?
Vater lacht und sagt: Mein Mädchen, frei sind wir in unseren Herzen und wir werden es bleiben. Bananama ist grenzenlos, es ist eine große Idee, die niemals aufhört, und so ein kleines Sicherheitsschloss kann diese ganz bestimmt nicht zerstören.
Ich verstehe nicht, wie Vater das meint, mit den Herzen und mit der Idee, aber da er lacht und mir auf die Schulter klopft, frage ich nicht weiter. Vater wäre bestimmt enttäuscht darüber, dass ich mich mit unseren Herzen und unseren Ideen so wenig auskenne.
Ich gewöhne mich schnell an das Zusperren, ich denke bald nicht mehr darüber nach.

Ich bin nicht mehr zu den Himbeersträuchern gegangen. Ich halte Abstand zum Wald. Nur im Traum gehe ich den Weg dorthin ganz langsam und mutig, Schritt für Schritt, und langsam und mutig gehe ich ihn im Traum auch zurück. In Wirklichkeit meide ich den Weg und halte mich mehr in den Wiesen und Feldern auf. Ich achte darauf, dass immer ein kleines Gebüsch oder ein einzelner Baum, ein großer Stein in der Nähe ist, damit ich mich zur Not dahinter verstecken kann.

Es wäre alles anders gekommen, wenn ich diese Geschichte nie erzählt hätte. Unsere Tür wäre noch offen und der Wald noch der Biosphärenpark. Der Wald wäre sogar ein Märchen, in dem ich gerne vorkommen würde. Das Schreckliche wäre nie bis zu uns nach Bananama gekommen. Ich würde Himbeeren noch mögen, wenn ich geschwiegen hätte. Versteckenspielen würde mir noch Spaß machen.
Aber zum Versteckenspielen braucht man ohnehin eine Freundin oder eine Schwester.
Und wenn ich die Geschichte nicht erzählt hätte, wäre ich an dem trockenen Husten, der darin vorkommt, erstickt.

Ich beerdige das Wort Spaziergang. Ich beerdige das Wort Randlage. Ich beerdige einen winzigen Vogel, der noch Moos im Schnabel hat.

3 NOCH MEHR TOTE TIERE

Vater hat im Internet eine Sense bestellt. Wir bestellen alles im Internet, was nicht im Garten wächst oder beim Tauschkreis getauscht wird. Ich mag es, wenn Sachen aus dem Internet kommen, weil das Postauto schon von Weitem hupt und mit quietschenden Reifen beim Bananamaschild hält. Der Postbote ist ein dicker, lustiger Mann, er riecht nach Pommes Frites und sagt zu mir: Guten Tag, Madame. Habe die Ehre, Madame. Habe die Madame viel Freude mit ihrer Lieferung.
Manchmal hupt das Postauto auch, wenn es wieder wegfährt. Das gefällt mir am besten.
Wir haben eine Sense, mit der Vater noch nie gesenst hat. Sie ist noch von der Großmutter, sagt Mutter. Sie taugt nichts, sagt Vater, ich werde sie zum Tauschkreis bringen.
Die neue Sense kommt in zwei Kartons. Im ersten Karton ist der Holzstiel, im zweiten zwei riesige, gebogene Messer, die man auf den Stiel schrauben muss. Vater sagt, es ist wichtig, dass man für jedes Gelände das passende Sensenblatt hat. Und der Stiel, sagt Vater, der ist etwas ganz Besonderes. Handgeschnitzt, Bioholz, ergonomisch geformt, heißt: keine Rückenschmerzen, keine Blasen an den Händen. Einfach genial.

Vater muss erst herausfinden, welches Sensenblatt das richtige für das Gras auf unserer Wiese ist. Er hat auf einer Webseite für Aussteiger von einem Sensenkurs gelesen und sich dafür angemeldet, damit er das lernt. Vater sagt: Der Kurs ist für Menschen gedacht, die das gute, alte, ehrliche Handwerk wieder erlernen und bewahren wollen. Und davon gibt es zum Glück wieder mehr und mehr. Wir müssen uns nur finden. Was für ein Segen das Internet sein kann! In dem Kurs hat Vater alles gelernt, was man über das Sensen einer Wiese wissen muss. Er sagt: Man muss sich mit den Dingen beschäftigen, auseinandersetzen, sich eindenken in die Materie, man muss das Gras ernst nehmen, das Mähen als eine essentielle Aktion ansehen, dann macht das Arbeiten Freude, dann macht es Sinn.
Vater beschäftigt sich mit dem Sensenstiel (wie man ihn am besten hält) und mit den Sensenblättern (welches Blatt für was geeigneter ist), bis es dunkel wird. In der Zwischenzeit beginne ich, das ganz hohe Gras mit den Händen auszureißen und die dickeren Ranken, die dazwischen wachsen, mit der Gartenschere abzuschneiden, damit Vater es am nächsten Tag leichter hat.

Am Morgen ist die Sense verschwunden. Auch beide Sensenblätter sind weg. Vater tobt. Er läuft um das Haus und ballt die Hände zu Fäusten, er fuchtelt mit beiden Armen wild um sich und ruft: Ich weiß wirklich nicht, wo auf dieser Welt man noch hinziehen muss, um der Raffgier der Menschheit zu entgehen. Woran soll man da noch glauben, wie soll man da jemals ein einfaches, ehrliches Leben führen.

Vater tritt gegen den Walnussbaum. Der Stamm ist so dick, dass der Baum kein bisschen wackelt.
Ich wollte doch nur Gras mähen, sagt Vater jetzt leise, ich wollte doch nur in aller Stille mein Gras mähen, mit meiner eigenen Kraft. Aber das scheint nicht möglich zu sein, das ist wahrscheinlich zu viel verlangt.
Mutter sagt nichts und verschwindet im Haus.

Vater hat keine neue Sense bestellt. Er hat die Sense der Großmutter auch nicht zum Tauschkreis gebracht. Sie steht immer noch im Geräteschuppen. Eine Spinne hat zwischen Sensenblatt und Stiel ihr Netz gebaut.
Mutter hat im Internet einen Rasenmäher bestellt und eine ihrer schwarzen Platten darauf geschraubt. Der Rasenmäher sieht aus wie ein riesiger, schwarzer Käfer. Der Rasenmähkäfer fährt von selbst über die Wiese, sein schwarzer Panzer glänzt in der Sonne. Er dreht seine Runden, ganz langsam zuckelt er um unser Haus, als hätte er schon immer zu uns gehört, er ist unser Haustier, aber ein ganz pflegeleichtes, er will nichts und braucht nichts, er mäht nur, ganz lautlos und scheinbar zufrieden, in aller Stille das Gras.

WAS VATER MIR BEIBRINGT:

DEMOKRATIE – Herrschaft des Volkes beziehungsweise von Parteien, also Vertretern des Volkes, die durch freie Wahlen von jedem einzelnen Bürger gewählt werden können. Eine gute Idee, aber ein Auslaufmodell in Zeiten des Egoismus und der Raffgier. Wer nur an sich und die Anhäufung seines persönlichen Besitzes denkt, wie die meisten Menschen es tun, der kann nicht mit Weitsicht wählen. Dessen Blick ist getrübt und beschränkt auf sein kleines persönliches Umfeld. Ein Mensch, der sich nur für sich selbst und seine Vorteile interessiert, hat kein Interesse daran, sich umfassend zu informieren, um eine vernünftige Wahl im Sinne des Allgemeinwohls zu treffen. Daher wäre es sinnvoll, ja sogar notwendig, die freien Wahlen abzuschaffen und die Macht in die Hände einer einzigen Partei zu legen, die dem Volk seine Entscheidungen abnimmt und über Egoismus und Raffgier hinweg den Weg der Vernunft, der Toleranz und der Nachhaltigkeit vorgibt. Wenn die Menschen von selbst nicht auf die Idee kommen, dass ein Leben im Einklang mit der Natur und jenseits kapitalistischer Besitzansprüche die einzige Lösung ist, um diese Welt noch zu retten, dann darf man sie einfach nicht mehr so viel entscheiden lassen. Dann muss jemand für sie entscheiden.

Ich habe lange kein Wort und kein Tier beerdigt. Mir fiel lange kein Wort ein und ich fand auch kein Tier mehr. Die Wörter verschwinden nicht, sie kommen wieder, bleiben bei mir, auch nach ihrer Beerdigung, in meinem Mund, bitter schmeckende Bonbons, die ich weder auflutschen noch schlucken kann, sogar in meinen Träumen liegen sie schwer auf meiner Zunge und ihr bitterer Geschmack macht mich durstig.
Ich habe eine Weile über das Wort Raffgier nachgedacht. Obwohl Vater es nach dem Verschwinden der Sense in Wut gerufen und in der Unterrichtsstunde das Gesicht verzogen hat, als er es aussprach, hält mich etwas davon

ab, dieses Wort zu beerdigen. Irgendetwas gefällt mir daran. Ich will es so behalten, wie es ist.
Auch die toten Tiere verschwinden nach ihrer Beerdigung nicht. Sie stehen jede Nacht in einer Reihe vor mir und schauen mich an. Sie schauen mir so tief in die Augen, dass sie anfangen zu jucken und ich aufwache. Ich reibe mir die Augen, bis sie zu tränen beginnen, dann wird der Schlaf wieder stärker und frisst die toten Tiere auf. In der nächsten Nacht spuckt er sie wieder aus, dann ordnen sie sich wieder ein in ihre Reihe. Ich kann ihren Blicken nicht entkommen. Es gab lange keine Nacht, in der ich nicht aufgewacht bin, um mir die Augen zu reiben. Die toten Tiere machen meinen Schlaf dünn und zerbrechlich. Die Nacht ist eine Glasscheibe, die zersplittert, die ich jeden Abend neu zusammensetze, sie hält nie, geht wieder und wieder klirrend zu Bruch. Ich bin müde.

Das Schlimme ist, dass die toten Tiere nachts kein Geräusch machen, während sie mich anschauen. Sie fiepen und summen und quaken nicht. Sie schauen mich an und schweigen. Ihr Schweigen bohrt sich tief in meine Ohren, mein Kopf füllt sich damit, bis er beinahe platzt.

Ich stelle mir vor, was ich im Internet bestellen werde, wenn ich alt genug dafür bin. Zuerst werde ich einen Koffer voll Bücher bestellen, denn meine Schulbücher und auch alle anderen Bücher fehlen mir. Ich mochte den Geruch zwischen den Seiten und entdeckte immer wieder neue Wörter darin, die mich interessierten, die ich wieder und wieder las. Oder es liegt nur ein einziges Buch in dem Koffer. Ein Buch, in dem immer neue Dinge stehen, wann immer ich es aufschlage. Der Koffer ist so flach, dass ich ihn unter dem Bett vor Vater verstecken kann, und jedes Mal, wenn ich ihn hervorziehe und öffne, liegt wieder nur das eine Buch, aber mit einem anderen Inhalt darin. Ich lerne alles auswendig. Mein Kopf ist immer voll frischer, schöner Wörter.

Als Nächstes werde ich einen Koffer bestellen, in dem ein richtiges Haustier wohnt. Eines, das nicht so pflegeleicht ist wie der Rasenmähkäfer. Es ist mir egal, welches Tier es ist. Ich füttere und streichle es. Den Koffer miste ich regelmäßig aus und manchmal spreche ich ein wenig mit dem Tier.
Meine zukünftigen Bestellungen sind wie durch ein Wunder schon im Computer gespeichert worden. Vater muss sie dort entdeckt haben, denn ein paar Tage später kommt er mit einem Hasen vom Tauschkreis zurück.

Ich sage zu Mutter: Ich will den Hasen Hans, Willi oder Max nennen, aber ich bin nicht sicher, was am besten zu ihm passt.
Mutter sagt: Tieren, die man später essen wird, sollte man keinen Namen geben. Überhaupt sollte man sich Tiere nicht zu Freunden machen. Die Natur hat vorgesehen, dass einer den anderen frisst. Die Menschen, die ihr Fleisch in Plastik verpackt im Supermarkt kaufen, vergessen das gern. Vater wird den Hasen schlachten, sobald er dick genug ist. Wir werden das Fleisch zu schätzen wissen. Und natürlicher geht's nicht.

Vater besucht nun jede Woche einen Schlachtkurs für Menschen, die eine Selbstversorgung anstreben. Dort lernt er alle Dinge, die man über das Schlachten eines Tieres wissen muss. Er sagt: Wenn man sich länger damit auseinandersetzt, dann wird das Schlachten zu einer Arbeit, die mit Gewissen erledigt wird, dann behält das Tier seine Würde. Dann gehorcht man dem Kreislauf der Natur und das ganze Leben, der Alltag, vor allem aber das Fleisch, das man isst, macht wieder einen Sinn. Der Mensch braucht Fleisch. Frischer und natürlicher als auf diesem Weg kann er kaum dazu kommen.

Das Blut, das auf Vaters T-Shirt und auf seiner Hose klebt, wenn er vom Schlachtkurs zurückkommt, ist dunkelrot, fast schwarz. Es sind dicke, klebrige Flecken. Ich fasse sie an, wenn Vaters Klamotten bei der Schmutzwäsche im Badezimmer liegen. Ich will wissen, wie es sich anfühlt, wenn man Blut anfasst. Es ist das Blut von Tieren. Ich weiß das, aber Blut bleibt Blut, und es bleibt an meinen Fingern kleben, auch nachdem ich mir die Hände gründlich gewaschen habe. Es bleibt überall an mir kleben, und auch an Vater, es hinterlässt eine dunkelrote, zähflüssige Spur, die sich durch den restlichen Tag zieht, die mir den Hunger nimmt und sich zwischen Vater und mich schiebt. Ich sehe ihn an. Er ist ein Fremder, vor dem ich weglaufen und mich verstecken möchte. So lange, bis er am Abend auf meiner Bettkante sitzt, mich zudeckt und mich in den Schlaf flüstert: Schlaf ein, mein Mädchen, träume süß, morgen früh komm ich und kitzel deine Füß.

Erst dann ist er wieder mein Vater, und das Blut an ihm löst sich in seinem Flüstern auf, wird dünn und hellrot, rosafarben und schließlich unsichtbar, als wäre es nie dagewesen.

Vater hat im Internet Drahtzaun und Holz bestellt, daraus baut er einen Stall für den Hasen. Der Stall sieht aus wie ein richtiges kleines Haus.
Aber sollten Tiere, die man essen wird, überhaupt in einem richtigen Haus wohnen? Ich würde sie eher auf dem Feld fangen, wenn ich Hunger habe. Ich bespreche das nicht mit Vater, weil er ein lustiges Lied summt, während er den Stall baut. Wenn es ein Lied dazu gibt, dann wird es schon seine Richtigkeit haben.
Trotzdem taufe ich den Hasen heimlich Hans.

Ich spreche viel mit Hans. Ich weiß nicht, wie viel Zeit Hans und ich miteinander haben werden, deshalb erzähle ich ihm alles, was mir einfällt. Es ist viel, und ich erzähle es schnell. Ich erzähle ihm meine größte Sorge: dass der Wald nicht stirbt, sondern sich ausbreitet. Vater sagt, man nennt das Aufforstung. Ich sage zu Hans: Der Wald wird größer werden, näher kommen, bald wird er ganz dicht um unser Haus stehen. So dicht, dass ich nicht mehr aus dem Haus gehen kann. Nur ein winziges Stück Himmel wird noch über uns zu sehen sein. Ich werde viele Bilder malen und sie vor die großen Fenster hängen, damit niemand mich sieht, der uns aus dem Wald heraus beobachtet. Ich werde Flugzeuge malen. Sie werden das Letzte sein, was mir noch bleibt von der Welt hinter dem Wald.

Ich sage zu Hans: Und was ist, wenn ich dann nicht mehr atmen, mich nicht mehr bewegen kann? Wenn alles stillsteht in unserem Haus? Wenn der Wald uns die Wörter und das Lachen nimmt, den Fluglärm und die Gerüche, und endgültig auch die Hoffnung auf Schokoriegel oder Eis? Wenn er uns hier für immer festhält, wie das Rapunzel im Turm festgehalten wurde, wo es nur noch liegt und schläft? Sogar wenn es wach ist, schläft das Rapunzel.
Ich werde dich dann heimlich aus deinem Stall zu mir hereinholen. Aber versprich mir, dass wenigstens du noch herumhoppeln wirst und lustig schnaubst und quiekst.
Den Fluglärm werde ich wirklich vermissen, denn auch wenn Mutter sagt, dass er uns krankmacht, finde ich ihn heimlich schön. Wenn ich einmal Rapunzel bin, werde ich nur noch von Flugzeugen träumen. Und mein Haar zu ihnen hinaufwachsen lassen, mir einen höheren Turm wünschen, und im erstbesten Flugzeug, das meine Haare erreichen, da wird kein Prinz drinnen sitzen, sondern der Präsident.

Der Präsident ist der Chef der Partei, die in Zukunft für die Menschen entscheidet, wenn es keine Demokratie mehr gibt. Der Präsident schläft. Er ist gleich nach seiner Geburt in einen tiefen Schlaf gefallen. Seither hat niemand es geschafft, ihn zu wecken. Er wurde in ein Flugzeug gesetzt und fliegt umher, weil ein Präsident überall sein muss, er muss unterwegs sein und in Bewegung, auch wenn er nie ganz da ist. Es wäre wichtig, dass der Präsident bald aufwacht, denn der Wald wächst auch über die Demokratie und über alle guten Ideen, er wächst

über die Schilder, auf denen steht, was man tun darf und was nicht, oder die anzeigen, in welche Richtung es zum Dorf geht und in welche Richtung zur großen Stadt, zur Kirche, zur Schule, zur Feuerwehr. Riesige Bäume wachsen über allem und Gestrüpp voller Stacheln, in dem man auch die Himbeeren nicht mehr findet. Man erkennt überhaupt nichts mehr in diesem Durcheinander aus Pflanzen. Also muss der Präsident wieder eine Richtung vorgeben, er muss ein Wort sprechen, das alles gut macht. Aber solange er schläft, ist die Welt ein einziges Warten, eine Nussschale ohne Inhalt, ein helles Zimmer, schwebend im dunklen Wald, mit viel zu großen Fenstern, durch die einen die letzte Sonne blendet, dass man die Augen schließen muss. Und wenn man sie wieder öffnet, ist es finster, ganz und gar schwarz.
Wenn der Präsident aufwacht, wird alles anders werden.
Alles wird wieder in eine Ordnung gebracht werden.
Man wird den Horizont sehen können an diesem Tag, ganz egal, wo man gerade steht und in welche Richtung man schaut.
Keiner weiß, was der Präsident träumt.

Eines Tages wird mein Haar lang genug sein, dass es in das Flugzeug hinaufreicht, in dem der Präsident sitzt. Dann werde ich hinaufklettern und ihm einen Wecker bringen und ans Ohr halten. Ein Wecker, der so still läutet, dass man es kaum aushält. So furchtbar leise, dass man wach werden muss und es bleibt.

Ich bin sehr gespannt, welches Wort der Präsident als Erstes sagen wird.

Hans presst seine Hasennase gegen das Drahtgitter und trippelt auf der Stelle. Ich reiße ein großes Büschel Klee aus und schiebe es ihm durch das Gitter. Er frisst hastig und quiekend. Ich möchte ihm gerne noch viel erzählen. Aber da ruft Vater mich zum Unterricht ins Haus.

WAS VATER MIR BEIBRINGT:

ÖKOLOGISCHER FUSSABDRUCK – Jeder Mensch sollte sich seines ökologischen Fußabdrucks bewusst sein. Er ist die Fläche auf der Welt, die nötig ist, um den Lebensstandard eines Menschen auf Dauer zu gewährleisten, das heißt:

1. Fläche zur Gewinnung von Nahrung
   plus
2. Fläche zur Gewinnung von Kleidung und anderen Alltagsgütern
   plus
3. Fläche zur Gewinnung von Energie
   plus
4. Fläche zur Entsorgung von Abfallstoffen aller Art

Je kleiner der ökologische Fußabdruck eines Menschen ist, desto besser.

Ich traue mich kaum aufzutreten, als ich nach dem Unterricht noch einmal in den Garten gehe, um nach Hans zu sehen. Ich schleiche auf Zehenspitzen. Mutter kniet in einem der Beete und lockert mit einer kleinen Hacke die Erde um die Salatköpfe auf. Ihre Gartenschlapfen haben überall auf den Beeten riesige Löcher in der

trockenen Erde hinterlassen. Die Erde ist so trocken, dass bei jedem Loch riesige Erdscherben mit eingebrochen sind, eine Landschaft von Kratern haben Mutters Füße hinterlassen. Spuren so groß wie die eines Bären oder eines gewaltigen Ungeheuers.
Mutter arbeitet still und zügig, fast hektisch. Sie hat diesen Ausdruck im Gesicht, bei dem ich nicht wage, sie anzusprechen, die Augen zu Schlitzen zusammengekniffen, die Lippen fest aufeinandergepresst, die Wangen, die in letzter Zeit runder und runder geworden sind, rot und voller Flecken. Mutter schaut ernst aus, fast böse. Ich weiß nicht, worauf sie böse ist, auf die festsitzenden Erdbrocken, die sich nur schwer lockern lassen, weil es schon wochenlang nicht geregnet hat, oder darüber, dass ihre Fußabdrücke so groß, so gewaltig sind. Vielleicht auch auf etwas, das gerade nicht hier ist, aber jederzeit kommen kann, denn Mutter hebt immer wieder ruckartig den Kopf und sieht sich um, schaut zu den Sträuchern, die unser Grundstück begrenzen, als könnte von dort jemand oder etwas kommen oder schon dort lauern.
Wenn jemand oder etwas dort in den Sträuchern lauert, dann will ich den, die oder das nicht sehen. Ich will nur noch Hans gute Nacht sagen, ihn füttern und verschwinden. Keine Abdrücke mehr hinterlassen, mich in Luft auflösen. Das wäre das Beste. Ich strecke meine Füße noch weiter durch, um höher zu sein, noch weiter, bis ich ganz auf den Zehenspitzen stehe. Ich kann mich kaum mehr halten, schwanke. Gleich schwebe ich, gleich. Aber ich hebe einfach nicht ab.

Als ich schon fast im Haus bin, ruft Mutter: Gute Nacht, meine kleine Prima Ballerina. Träum was Schönes. Und lass dich nicht ärgern im Traum.
Mutter lacht, unverhofft, ihre Stimme ist hell und freundlich. Ich zucke zusammen und verschlucke mich, weil ich nicht erwartet habe, dass Mutter mich bemerkt hat und noch etwas sagt. Ich huste, dann frage ich leise: Wer soll mich den ärgern?
Mutter lacht wieder und sagt: Das hab ich doch nur so dahingeplappert. Natürlich wird niemand dich ärgern. Wer sollte uns denn hier schon stören, dazu noch im Schlaf?

Ich kann nicht einschlafen. Mein Atem wird nicht langsamer, so sehr ich mich auch darauf konzentriere, ruhig zu atmen. Ich wälze mich im Bett hin und her. Wie ich auch liege, es ist unbequem, meine Augen bleiben nicht zu. Ich stehe wieder auf. Ich will noch einmal nach Hans sehen.
Auch Hans ist unruhig. Er schnauft hektisch und scharrt im Stroh, als suche er einen geheimen Ausgang im Boden seines Stalls. Er trippelt hin und her. Hans, flüstere ich, was hast du denn? Ich reiße ein großes Büschel Klee aus und schiebe es ihm durch das Gitter, aber in seiner Hektik bemerkt er es nicht. Ich stecke meinen Zeigefinger durch das Gitter und stupse ihn an, versuche, ihn zu streicheln. Jetzt reagiert er und frisst auch den Klee. Sein Hunger scheint zum Glück so groß wie immer, und während er am Klee knabbert, wird er ruhiger. Ein wenig noch scharrt er mit den Hinterläufen weiter im Stroh. Ich schiebe ihm noch mehr Klee durch das Gitter,

bald lässt er auch das Scharren sein. Sein Stall wird wieder zu dem gemütlichen kleinen Haus, das er vorher war, das Stroh riecht wieder nach Schlaf und sieht weich aus, warm und behaglich. Hans, sage ich, mein lieber Hans, vielleicht habe ich dir heute zu viel von meinen Sorgen erzählt. Das hält ja kein Hase aus, solche Sorgen. Das hält ja noch nicht einmal ein Kind aus, außer es hat ein Flugzeug oder Märchen. Und so gut wie keinen ökologischen Fußabdruck. Bitte entschuldige, lieber Hans, sage ich. Und: Morgen erzähle ich dir Witze.

Am nächsten Abend frage ich Mutter, ob sie mir vor dem Einschlafen ein paar Witze erzählen kann. Mutter überlegt kurz und sagt: Mir fällt jetzt keiner ein, aber während des Studiums habe ich einmal die Magisterarbeit einer Kollegin zum Thema Humorforschung gelesen, die müsste ich noch irgendwo auf dem Rechner gespeichert haben. Da kamen auch Witze drin vor.
Ich sage: Oh ja, bitte, kannst du sie holen?
Mutter sagt: Heute nicht mehr, sonst wird es zu spät. Ich schau nach, wenn ich den Kopf dafür frei habe. Und du gehst jetzt ins Bett.
Als ich im Bett liege, beginnt es draußen zu donnern und zu blitzen. Ich denke an Hans. Er wird sicher fürchterlich zittern in seinem Stall. Ich will nicht mehr hinaus, nicht nur wegen dem Gewitter. Vater und Mutter sperren nun jeden Abend die Tür schon etwas früher zu, lange bevor es dunkel wird. Ich ziehe mir die Decke über den Kopf und versuche, mich an Witze zu erinnern, die ich noch von den anderen Kindern aus der Schule kenne:

Welches Tier ist das stärkste? Die Schnecke. Sie trägt ein Haus.

Was ist rot, knusprig und läuft durch den Wald? Brotkäppchen.

Treffen sich zwei Schafe. Sagt das eine zum anderen: Mäh. Sagt das andere: Wollte ich auch gerade sagen.

Was ist grün und klopft an die Tür? Klopfsalat.

Warum hat der Elefant rote Socken an? Die grünen sind in der Waschmaschine.

Warum liegt der Elefant auf der Straße und streckt seine Füße in die Luft? Damit seine roten Socken nicht auch noch schmutzig werden.

Zwei Zahnstocher gehen spazieren. Ein Igel überholt sie. Sagt der eine Zahnstocher zum anderen: Schau mal, hier fährt auch ein Bus.

Zwei Tomaten gehen spazieren. Eine wird vom Bus überfahren. Die andere sagt: Hallo, Ketchup.

Steht ein Pommes Frites vor dem Spiegel und kämmt sich das Haar.

Was hüpft durch den Wald und qualmt? Ein Kaminchen.

Was ist unsichtbar und stinkt nach Hase? Ein Hasenpups.

Ich wache auf, weil mir die Sonne ins Gesicht scheint. Es ist ganz still in meinem Zimmer. Es ist auch draußen ganz still. Ich stehe auf, ich will nach Hans sehen, ich will ihm die Witze erzählen, die mir wieder eingefallen sind. Ich laufe hinunter, die Haustür steht weit offen, ich rufe nach Vater, ich rufe nach Mutter, sie antworten nicht. Ich laufe in den Garten, Vater und Mutter sind nirgends zu sehen. Der Gitterdraht ist kaputt. Verbogen und zerfetzt. Hans ist weg.
Hans, rufe ich, wo bist du?
Es ist noch immer ganz still im Garten, und obwohl es noch früh am Morgen ist, schon so heiß, dass ich beinahe keine Luft bekomme. Kein Windhauch, nichts bewegt sich. Alles bleibt starr.
Ich laufe in alle Winkel, schaue in jedes Gebüsch, in den Geräteschuppen, laufe mehrmals um das Haus.
Hans, rufe ich keuchend, Hans. Bald sage ich es nur noch, muss nach Luft schnappen, flüstere. Ich schwitze, mir wird übel und schwindlig. Ich setze mich ins Gras unter den Walnussbaum, lasse mich nach hinten fallen und bleibe liegen.

Ich weiß nicht, wie lange ich liege. Mein Gesicht ist klebrig, als ich mich aufrichte, vom Schweiß, von den Tränen. Ich habe fürchterlichen Durst.

Vater und Mutter sitzen in der Küche, als ich ins Haus komme. Sie schweigen. Sie bemerken mich zuerst nicht.
Ich gehe zu Mutter und sage: Hans ist weg.
Mutter sieht mich an, ernst, als wolle sie sagen: Das tut mir leid für dich, aber so ist es nun mal. Sie sagt nichts.

Das Aber steht groß in Mutters Augen, sie blinzelt sehr lange nicht. Sie wird nie wieder blinzeln, so viel Aber ist in ihrem Blick. Mutters Hände liegen nebeneinander auf dem Tisch. Reglos und sauber, vollkommen sauber. Mir steckt ein klebriger, rauer Kloß aus Schmutz im Hals, dehnt sich aus, wächst in meinen Bauch hinunter. Der gesamte Schmutz, der in unserem Haus zu finden ist, liegt jetzt schwer in meinem Bauch.
Vater sagt: Komm her.
Ich gehe zu Vater, der Mutter gegenüber am Tisch sitzt. Vater legt seine Hand auf meinen Kopf. Einen Moment nur, und ganz vorsichtig, er berührt mein Haar dabei fast nicht, dann lässt er die Hand wieder sinken und legt sie in den Schoß.
Hans ist weg, sage ich und: Ich habe Durst. Ich habe so Durst.
Vater sagt: Setz dich.
Ich setze mich auf den Stuhl neben Vater. Vater steht auf, holt ein Glas aus dem Küchenkasten und dreht den Wasserhahn auf. Das ist das erste Geräusch, das ich heute höre. Das Wasser, wie es aus dem Hahn in das Glas sprudelt. Es klingt kalt und lebendig, es klingt frisch und leicht. Ich kann wieder atmen.

Ich trinke vier Gläser Wasser hintereinander. Dann stelle ich das Glas auf den Tisch und schiebe es von mir weg. Der Schmutzkloß in mir weicht langsam auf und wird leichter. Mutter nimmt das Glas zwischen ihre sauberen Hände und dreht es mit den Handflächen. Es macht ein schabendes Geräusch auf dem Holz des Küchentischs. Dann sagt Vater: Also nun.

Er steht auf und geht in den Garten. Ich sehe Mutter an, Mutter sieht weiter auf das Glas, das sie noch immer zwischen ihren Handflächen dreht. Ich stehe auf und laufe Vater nach, bleibe aber in der Haustür stehen. Ich schaue ihm zu, wie er den zerfetzten Gitterdraht vom Stall reißt, zu einem kleinen Bündel zusammenrollt und ins Gras wirft. Er streicht mit den Händen über das Holz. Es ist unbeschädigt, nur vorne ragen die Nägel heraus, mit denen der Drahtzaun befestigt war. Vater zieht die Nägel aus dem Holz. Sie sitzen scheinbar nicht sehr fest. Er sammelt sie in seinen Händen und bleibt mit geballten Fäusten vor dem Stall stehen. Die Nägel müssen ihn in die Handflächen stechen. Mutters Stimme dringt gedämpft, fast heißer, aber nach dem langen Schweigen auch beruhigend aus der Küche: Hast du Hunger?
Sie stellt einen Teller auf den Tisch, darauf liegt ein Honigbrot.
Es schmeckt wunderbar. Nach dem letzten Bissen lecke ich mir die Finger und die Handflächen ab.

Ich lege mich nackt in den Schatten des Walnussbaums und will schlafen. In der Hitze ist das der beste Ort und außerdem der dunkelste. Meine Haut ist klebrig. Schweißperlen kriechen mir über die Schläfen, den Hals hinunter und in den Nacken. Sie tropfen auf die Erde unter mir. Das Geräusch von Wasser, wie es frisch und kalt aus dem Hahn sprudelt, kommt mir in den Sinn. Wunderbar klingt das, und fern. Es wird leiser und undeutlicher. Dann ist es weg. Der Schweiß juckt, überall an meinem Körper. So muss es sich anfühlen, wenn man im tropischen Regenwald liegt. In der Hitze wird etwas ausgebrütet. Ich will mir nicht vorstellen, was und von wem.

Bevor ich einschlafe, schaffe ich es gerade noch, mir zu wünschen, dass ich etwas Schönes träume. Etwas Lustiges. Etwas, in dem die Kinder aus meiner ehemaligen Schulklasse vorkommen, es wäre dann laut im Traum, weil sie alle durcheinanderreden und lachen, und es kämen Witze vor, die ich noch nicht kenne.

Ich schlafe schnell ein. Ich träume nichts. Als ich aufwache, geht die Sonne am anderen Ende des Gartens unter. Ihre letzten Strahlen fallen auf meine Beine, ich winkle sie an und weiche den Strahlen aus.

Ich stehe auf und gehe zum Haus. Ich gehe am Stall vorbei. Er ist repariert. Ein neues Drahtgitter ist gespannt und mit neuen Nägeln befestigt, die in den letzten Sonnenstrahlen silbern glänzen. Der Stall ist leer.

In dem reparierten Stall ist Hans noch viel mehr weg als in dem kaputten. Hans ist jetzt richtig weg.

Hans ist richtig weg, die Großmutter aber ist nur nicht mehr da, und als ich an diesem Abend im Bett liege, frage ich mich, ob es einen Unterschied gibt, und wo das Totsein anfängt. Kennen Hans und die Großmutter sich nun? Können ein Hase, der verschwindet, und eine Großmutter, die ich nicht mehr kennengelernt habe, miteinander sprechen und was sagen sie? Erfahre ich das ein andermal? Und wann? Ist das Holz von Hans' Stall PEFC-zertifiziert, und ändert das etwas? Kann jemand mit Zertifikat weg sein oder auch ohne? Und was ist besser?

Ich träume von der Großmutter. Ich glaube jedenfalls, dass es die Großmutter ist, denn so stelle ich sie mir vor. Großmutter sitzt auf einer schiefen Gartenbank vor einem kleinen, alten Steinhäuschen. Rechts und links von ihr sitzen Hasen, auch vor der Bank und daneben, überall um das kleine Steinhaus herum sitzen Hasen, schnüffeln und hoppeln wild durcheinander. Und die Großmutter lacht. Sie formt die Hände zu einem Trichter, sie hat schmutzige, dürre, faltige Hände. Sie spricht durch den Trichter zu mir, als wäre ich weit weg, als könnte ich sie sonst nicht hören. Ich höre sie aber sehr gut. Sie sagt: Das ist die Welt hinter dem Wald, in der ist alles lebendig. Manches ist alt und wird älter. Es bewegt sich hier alles, es steht niemals still.
Ein Wind fährt durch die offenen Fenster des Steinhäuschens, etwas klappert, etwas knirscht und knarzt. Die Großmutter lacht wieder. Die Hasen quieken. Die Großmutter sagt durch ihren Trichter: Es ist lustig in dieser Welt, alles ist voller Witze, aber es ist auch schlimm in dieser Welt, grausam oft sogar, und es gibt mehr als einen Präsidenten, es gibt unzählige, sie reden alle durcheinander, man versteht meistens kein Wort. Es ist herrlich. Es riecht nach Kaugummi und Moos, nach Kapital in Form von Geld, nach Zigaretten, nach Müll, nach Abgasen und nach Hasen. Ich habe keine Angst mehr, weil ich hier nämlich sterben darf und nicht tot sein muss. Und auch nicht ein andermal, sondern jetzt.

In den nächsten Tagen gehe ich viel spazieren. Ich gehe ziellos über die Wiesen und Felder um unser Grundstück. Ich halte es nicht aus, unter dem Walnussbaum zu sitzen. Es wird mir übel, wenn ich dort sitze und den Friedhof anschaue. Lieber schwitze ich und hoffe einfach, dass der Sommer vielleicht doch bald vorbei ist. Ich wünsche mir Regen und Sturm.

WAS ICH MIR NOCH WÜNSCHE:

Ich wünsche mir einen Koffer voller Antworten. Es ist mir egal, ob sie richtig sind oder falsch. Wenn ich eine Frage stelle und den Koffer öffne, dann soll eine Antwort darin sein, die ich verstehe. Eine Antwort, die macht, dass es gut ist in mir. Dass ich weniger träumen muss und mehr weiß. Auch wenn es nicht wahr ist, was ich weiß, und kein Zertifikat hat.

WAS VATER MIR BEIBRINGT:

ACHTSAMKEIT – Achtsamkeit bedeutet, die Welt so zu betrachten, wie du es tust: mit den Augen eines Kindes. Im Moment zu leben, ohne ihn zu bewerten, ganz offen, und immer wohlwollend. Dabei werden alle fünf Sinne aktiv, du siehst, hörst, riechst, schmeckst, ertastest deine Umwelt und gleichzeitig deinen Körper. Du nimmst alles hin, was dir begegnet, nimmst es in dich auf und fühlst es. Du reagierst nicht darauf. Du lässt es sein, was es ist. Alles, was passiert, geht auch ohne unser Zutun wieder vorüber oder erledigt sich von selbst. Wenn du das verstanden hast, wenn du also achtsam bist, dann wirst du:

1. innerlich ruhiger und gelassener
2. innerlich stärker

3. kreativer und konzentrierter
4. gesünder
5. zufriedener
6. verständnisvoller

Ich übe mich in Achtsamkeit. Ich versuche, die Welt mit den Augen eines Kindes zu sehen, bin aber nicht sicher, wie das geht und ob ich es richtig mache. Ich mache alles jetzt, im Moment. Ich stelle mir einen Reißverschluss vor, der quer über meinen ganzen Körper verläuft. Mit einem Ratsch ziehe ich den Reißverschluss auf. Ich bin jetzt ganz offen. Ich bin so offen, dass es wehtut. Der Erdboden brennt unter meinen Füßen, das Gras ist hellbraun und vertrocknet, es knistert und kratzt. Die Luft um mich flimmert, es ist, als ob alles um mich seinen Umriss verliert. Unser Haus, die Bäume und die Sträucher schmelzen unter der Sonne, die nicht aufhört, herunterzuknallen. Ich finde nun wieder fast täglich tote Tiere: verdurstete Mäuse am Wegrand, ausgetrocknete Frösche, glänzende, reglose Käfer. Ich bin sehr beschäftigt mit ihren Beerdigungen, ich komme nicht einmal mehr dazu, Wörter zu beerdigen, es fallen mir in der Hitze auch keine ein. Ich bin nicht sicher, ob ich achtsam genug bin, oder ob ich die Tiere liegen lassen sollte, um zu sehen, ob sie von selbst beerdigt werden, ohne mein Zutun. Ich schaffe es nicht. Ich sollte das üben.

Ich will verständnisvoller werden. Ich will verstehen, warum manchmal etwas einfach verschwindet, so wie Hans oder das Eingemachte der Großmutter. Oder unser altes Haus. Warum das Gras trotzdem wächst und der Rasenmähkäfer gemächlich seine Runden dreht, als wäre nichts passiert. Wie lange neue Nägel an einem Hasenstall im Abendlicht glänzen, bevor sie rosten. Warum rosten sie nicht schneller, wenn man ihnen die Freiheit dazu lässt? Ich will verstehen, warum ich, wenn ich abends im Bett liege, zittere und gleichzeitig schwitze. Warum es so eng geworden ist in meiner Brust, dass ich nicht mehr richtig einatmen kann. Warum ich nicht einschlafe, meine Augen sich nicht schließen lassen, etwas in meinem Kopf kribbelt und sich tummelt, als wohne ein Ameisenvolk darin. Warum mein Herz bis in meine Ohren pocht, wenn um mich alles still ist in der Nacht. Warum ich in der Dunkelheit mehr sehe als am Tag. Warum ich weinen muss, wenn ich morgens von der Sonne aufwache, die mir ins Gesicht scheint. Und warum Mutter die Tomaten nicht erntet, obwohl sie längst rot sind und süß schmecken. Und ich will endlich gelassen, stark und zufrieden sein. Ich muss das unbedingt üben.

In der Zwischenzeit ist alles im Garten reif geworden. Die Äste der Tomatenpflanzen brechen herunter, weil massenhaft schwere Tomaten daran hängen. Rote, dunkelrote, gelbe und orange, die ganze Tomatenvielfalt, von der Mutter vor Wochen noch geschwärmt hat. Die Bohnenstangen biegen sich zur Seite, so viele Bohnen hängen daran. Die Zucchini sind so groß, dass ich sie kaum mehr anheben kann. Die Salatköpfe sprießen in die Höhe, werden zu kleinen Pyramiden und Türmchen, wie Häuser in einem Märchenland. Wir rühren nichts davon an. Wir lassen alles, wie es ist, lassen alles weiterwachsen. Nur was von selbst herunterfällt, sammle ich ein, wenn Mutter nicht dabei ist, und lege es auf den Küchentisch, wo es dann liegen bleibt, bis es schrumpelt. Mutter ist überhaupt selten im Garten in letzter Zeit, und wenn, dann geht sie nur zwischen den Beeten hindurch, schaut die Beete aber nicht an, sondern schaut in die Ferne, auf etwas, das ich nicht sehen kann. Sie schaut mit einem Blick, von dem ich nie weiß, ob er mürrisch, traurig oder doch konzentriert ist auf dieses, was immer es sein mag, das anscheinend weit weg ist. Und von dem ich nichts ahne. Vielleicht weiß Mutter selbst nicht, was sie da sieht, wenn sie mit ihrer Teetasse durch den Garten streift, oder eher marschiert. Ihre Schritte sind hastig und hart. Bis sie ruckartig stehen bleibt, einen Schluck trinkt, umkehrt und schnell ins Haus zurückgeht, als hätte sie drinnen etwas vergessen. Als wäre sie nur versehentlich in den Garten geraten, im Haus wartet etwas Wichtigeres, das, was sie eigentlich tun oder sehen wollte, und Mutter eilt, sie ist mit allem ständig viel zu spät dran.

Anstatt das überreife Gemüse zu kochen, das auf dem Küchentisch liegt, kocht Mutter asiatisch. Sie hat im Internet einen Wok, eine Menge Gewürze, Pasten, Soßen, eingelegte Sprossen und anderes asiatisches Gemüse, verschiedene Sorten Reis und fadenartige Nudeln bestellt. Mutter hat rote Wangen, als das Paket geliefert wird und sie zu kochen beginnt. Ihre Augen glänzen. Für das erste Gericht erntet sie eine Chilischote aus dem Garten. Die Chilischote ist das Erste und Einzige, was

ich Mutter ernten sehe. Sie sagt: Eigene Chilis zu haben ist doch etwas Wunderbares.
Sie braucht für das Gericht aber nur ein winziges Stück, nur die Spitze der Chilischote, denn sonst wird es zu scharf. Den Rest legt sie auf den Küchentisch. Die Schote verschwindet zwischen dem anderen Gartengemüse, das teilweise nun schwarz wird und seine Form verliert. Mutter probiert täglich ein neues Gericht aus, sie verfeinert, variiert, wechselt Soßen, Pasten und Gewürze so lange aus, bis jedes Gericht perfekt ist und wie in Asien schmeckt.
Die asiatische Küche ist genial, sagt Mutter, ganz anders und viel gesünder als die europäische, da können wir noch eine Menge lernen.
Vater sagt: Die asiatische Lebensweise ist überhaupt sehr weise, das ist ein ganz anderer Zugang zum Leben, eine ganz andere Art zu denken und zu handeln. Damit sollten wir uns mehr beschäftigen, uns mehr davon abschauen, unsere Werte hier neu überdenken.

WAS VATER MIR BEIBRINGT:

EUROPA – oder besser: die Europäische Union, die aus 28 Staaten besteht, war ursprünglich ein guter Ansatz. Aber da wirtschaftliche Interessen und das alles dominierende Krebsgeschwür Materialismus noch immer die Oberhand über Solidarität und Gemeinschaftssinn haben, ist das Konzept über kurz oder lang zum Scheitern verurteilt. Sieht man sich um in der Welt da draußen, könnte man auch jetzt schon sagen: Europa ist tot.

Wer klug genug ist, der rettet sich jetzt in sich selbst zurück und vertraut wieder auf den Kreislauf der Natur, die es schon immer besser gewusst hat als der Mensch.

MATERIALISMUS – das Gegenteil von Idealismus. Das größte Ziel des Materialismus ist Besitz und Vergrößerung dieses Besitzes, also Gewinn. Der Materialist denkt wenig und hat viel. Er möchte immer noch mehr, weil die Welt für ihn nur auf Materie basiert, auf Kapital, Waren, Dingen zum Anfassen. Der Idealist dagegen denkt viel und hat wenig. Er muss nichts besitzen, denn er hat alles, was er benötigt, in sich und seinem Geist. Der Idealist ist klug genug, sich alles zu erdenken, ohne es festhalten zu müssen, ohne es sich zu unterwerfen, ohne es zu kaufen und zu horten. Der Materialist will ernten und noch mehr ernten, der Idealist sieht gerne zu, wie alles wächst, aber er ist nicht davon abhängig. Er ernährt sich gut und mühelos von dem, was vom Überfluss des Materialisten übrigbleibt und vergessen wird. Und wenn nichts übrigbleibt, ernährt er sich aus sich selbst heraus. Der Idealist lacht sich stets ins Fäustchen, denn er hat verstanden, dass es nicht ums Haben geht, sondern ums Denken und Sein.

So langsam beginne ich zu verstehen, weshalb die Tomaten in unserem Garten verfaulen. Ich kann es trotzdem nicht lassen, durch die Beete zu schleichen, wenn Mutter und Vater es nicht bemerken, und alles aufzusammeln, was reif ist. Ich verschlinge Tomaten, Gurken und Paprika, Johannisbeeren, rote, weiße und schwarze, Brombeeren und Erdbeeren, stopfe alles in mich hinein, dass mir am Abend der Bauch wehtut. Ich bin ein Materialist, denke ich dann, wenn ich im Bett liege und mir den Bauch halte, und es ist nur gerecht, dass ich vor Bauchkrämpfen nicht einschlafen kann. Aber als ich mit Mutter im Frühjahr die Erde gelockert und die Samen in regelmäßigen Abständen in die Beete gestreut habe, als ich wieder und wieder mit der Gießkanne durch den Garten gegangen bin und alle Samen gegossen habe, als die ersten grünen Stiele und Blätter aus der Erde geschaut haben und täglich größer geworden sind, als ich mit Mutter die Schnecken eingesammelt und sie mit heißem Wasser verbrüht habe, damit sie den Pflänzchen nichts mehr anhaben können, bei all dem habe ich mich auf nichts mehr gefreut, als darauf, in etwas hineinzubeißen, das an diesen Pflanzen hängen und reif sein wird. Überhaupt wollte ich von Anfang an etwas Fertiges, etwas zum Pflücken und Essen. Und wenn es einen Koffer geben würde, in dem man das auch haben kann, ohne so lange warten zu müssen, dann hätte ich mir gleich diesen Koffer anstatt einem Garten gewünscht.

WAS ICH MIR JETZT GERADE AM MEISTEN WÜNSCHE:

Ich wünsche mir einen Koffer, in den man seine Bauchschmerzen und überhaupt alle Schmerzen packen kann, und außerdem seine materialistischen Gedanken, für die man sich schämt. Einen Koffer mit einem großen, unzerstörbaren Schloss, dessen Schlüssel ich dann beerdigen würde, an einer Stelle weit weg von unserem Haus, und ohne ein Kreuz.

Mir fällt ein, dass ich die vielen Schnecken, die ich jeden Abend verbrühte, nie beerdigt habe. Mutter trug den Eimer, in dem ihre toten Leiber schwammen, auf das Feld und schüttete den Inhalt hinter ein Gebüsch. Als es immer heißer und trockener wurde und die Stelle, an der sie den Eimer entleerte, zu stinken begann, trug sie ihn über die Landstraße, am Bananamaschild vorbei und weiter, ein großes Stück noch die Straße hinunter, bis zum Kanalgitter am Straßenrand. Dort schüttete sie die toten Schnecken hinein. Wenn ich jetzt länger darüber nachdenke, tun sie mir leid.

Ist es eine Art der Beerdigung, tote Tiere in den Kanal zu schütten, oder gibt es einen anderen, einen besseren Weg? Werden auch tote Menschen in Kanäle geschüttet, und wie groß sind dann die Gitter? Wohin führen die Kanäle, treffen sie irgendwo alle zusammen, und wie groß ist der See, der dort entsteht, den ich mir nicht vorstellen, von dem ich bitte nicht träumen will?

Es ist der See in einem Märchen, das man lieber rückwärts erzählen will. Bis ganz zum Anfang hin, wo alles noch gut ist, wo die Prinzessin noch im Gras sitzt und Ameisen zählt. Sie zählt so lange, bis es so viele Ameisen sind, dass sie die Prinzessin wegtragen können, zu ihrem Prinzen, oder einfach nur in ein anderes, schöneres Land als das ihres Vaters, dem König, und ihrer Mutter, der Königin.

Auch die Regenwürmer tun mir neuerdings leid, weil ich sie unbewusst umgebracht habe, wenn ich die Erde allzu tief und zu fest harkte. Seit Vater mich darauf hingewiesen hat, dass ich die Regenwürmer, die uns so nützlich sind, durch das Harken und Lockern der Erde verletze und töte, harke und lockere ich die Erde lieber nicht mehr. Vater sagt: Die Natur macht das ohnehin alles von selbst. Die Natur braucht uns nicht. Ganz im Gegenteil. Ich hänge die Harke in den Schuppen und rühre sie nicht mehr an. Ich würde sehr gerne gebraucht werden von der Natur. Ich habe den Würmern nichts Böses gewollt. Mir fällt nichts ein, was ich tun könnte, um mich bei ihnen zu entschuldigen. Eine Spinne webt ihr Netz um die Harke im Schuppen und ich bedanke mich bei ihr.

WAS ICH MIR WÜNSCHE:

Ich wünsche mir, dass die Sache mit dem Sterben und dem Verschwinden ein Ende hat. Ich wünsche mir Hans zurück, oder wenigstens die Schnecken und Würmer. Aber seit es so heiß und so trocken ist, verirrt sich beinahe keine Schnecke und auch kein Wurm mehr in die staubigen Beete. Anstatt unschuldiger Schnecken und Würmer beerdige ich nun das Wort Europa, und es ist das erste Mal, dass Vater danebensteht, mir andächtig zusieht und anerkennend grinst, als ich das Kreuz aus zwei Ästen binde und es in die Erde stecke.

WAS VATER MIR BEIBRINGT:

PERMAKULTUR – Ein Garten ohne Gärtner, in dem alles seine Bestimmung und seine Berechtigung hat. Nichts ist ein Unkraut, alles hat seine Funktion. Nur durch das Eingreifen des Menschen gerät dieses System ins Wanken. Was der Mensch als Gärtner zu kontrollieren versucht, das kontrolliert er zu Tode und wider den Kreislauf der Natur. Dieser besteht in sich und funktioniert ökologischer, ökonomischer und nachhaltiger, als der Mensch es je können wird. Wer den Prinzipien der Permakultur folgt, der begegnet der Natur mit Achtsamkeit und Respekt. Der lässt die Natur ihre Arbeit machen und hält sich selbst zurück. Das mag den Ertrag, auf den der Mensch aus ist, vermindern, aber es spart auch Mühe und Zeit.

Ich stelle mir den Garten ohne Gärtner vor. Wenn es so weitergeht, dann wird auch unser Garten bald so einer sein. Er wird ein Dschungel sein, dicht und undurchdringlich, und ich werde die überreifen Früchte, die von den Pflanzen purzeln, schon bald nicht mehr finden im Dickicht. Ich werde mich auch gar nicht mehr hineintrauen. Ich werde der Natur mit Respekt begegnen, ein Respekt, der schon jetzt beginnt, größer und größer zu werden, und der mich davon abhält, durch die Beete zu streifen und an den Pflanzen zu zupfen, ohne das Gefühl zu haben, es macht mir Mühe und stiehlt mir Zeit.
Ich habe jetzt, durch unsere Permakultur, sehr viel Zeit, noch mehr als vorher. Ich habe so viel Zeit, dass mir schwindlig wird, wenn ich darüber nachdenke, wie viel es eigentlich ist. Hin und wieder stelle ich mir vor, ich hätte noch ein letztes Schulbuch, um darin zu lesen. Ich lese darin, aber ich kenne es längst auswendig, ich bin schon viel weiter. Ich weiß von Vater so viel, dass ich manchmal denke, ich platze gleich vor Wissen, vor

Information, und dann muss ich mich unter den Walnussbaum setzen und mir den Kopf halten, mit beiden Händen, damit er nicht in Stücke zerspringt. Mein Kopf ist so voll und tut so weh, dass ich die Dinge, die darin sind, nicht mehr ordnen kann, sie verstecken sich über- und untereinander, sie verstecken sich hintereinander und voreinander, ich kann sie nicht mehr unterscheiden, ich würde sie am liebsten alle hinauswerfen, aber ich bekomme keines zu fassen, sie tummeln sich und wuseln umher, Ameisen in ihrem Haufen, sie werden herumgewirbelt vom Kreislauf der Natur, der mich schwindeln lässt, als säße ich in einem rasend schnellen Karussell, sie wispern und flüstern, und manche von ihnen schreien auch. Es sind so viele Informationen in meinem Kopf, dass ich keine Chance gegen sie habe, und alle zusammen werden wieder zu nichts. Zu einer großen, unheimlichen Lücke. Die Lücke ist spitz und sticht mich, ein Stich wie von einer gewaltigen Wespe, oder vom riesigen Stachel einer Brombeerranke, der sich mir in die Haut bohrt, nur noch tiefer. Die Lücke bohrt sich einmal ganz durch mich hindurch. Das, was ich eigentlich wissen will, hat längst keinen Platz mehr in meinem Kopf.

Die Antworten, die ich gerne hätte, damit meine Angst verschwindet, die passen da nicht mehr rein.

Eines Tages zerspringt mein Kopf tatsächlich in Stücke. Die Stücke fliegen durch die Luft und platschen gegen die großen Fenster unseres Hauses. Es ist ein lustiges Geräusch, dieses Platschen, platsch, platsch. Aber niemand lacht. Die Stücke meines Kopfes rutschen an den Fensterscheiben runter und fallen auf den Boden. Dort bleiben sie liegen, überall um das Haus verteilt.

Die Farben in Bananama verblassen. Das Gras, die Pflanzen unserer Permakultur und die Blätter der Bäume und Sträucher sind nicht mehr saftig grün, sondern gelblich und matt. Alles sieht schlaff und kraftlos aus, auch unser Haus, wie es zwischen diesen schwach gewordenen Bäumen und dem Dschungel aus Pflanzen herausragt, sieht müde aus, als wollte es in einen tiefen Schlaf fallen. Es ist nicht mehr strahlend weiß, es ist gräulich und fahl. Ich würde es gerne anstreichen, damit es gesünder ausschaut. Auch Mutter und Vater sehen blass aus. Wahrscheinlich bin ich es ebenfalls. Unsere Gesichter sind farblos, obwohl wir viel draußen sind. Unsere Sommersprossen sind nur Tarnung, sie wirken wie aufgemalt. Jeden Abend, wenn ich mir das Gesicht wasche, werden sie heller, und eines Tages werden sie ganz verschwunden sein.
Unsere Bewegungen sind langsamer, wir sind müde und noch stiller, als wir es ohnehin schon waren, es fällt kaum noch ein lautes Wort. Mutter ist dick und schwerfällig geworden, sie schnauft bei jedem Schritt und schwitzt große Rinnsale an ihren schwammigen Armen und Beinen hinunter. Vater ist dünn geworden und runzelig, er wirkt, als könne er zerbrechen, sobald er eine falsche Bewegung macht. Auch ich bin dünner geworden, ich kann mich an meinen Hüftknochen festhalten und im Spiegel meine Rippen zählen. Ich fühle mich unerträglich leicht, meine Schritte haben kein Gewicht mehr, da

ist kein Boden unter mir, und die dünne Luft um mich ist noch weniger als dünne Luft, sie ist eine Leere, durch die ich mich so schwerelos bewege, dass ich mich selbst verliere, Schritt für Schritt. Ich wage es nicht mehr, mich zu bewegen.
Die Sonne scheint ohne Pause jeden Tag auf Bananama, die Hitze bleibt, am Tag, in der Nacht. Wir und alles, was uns umgibt, verändern uns unter der Hitze, beugen uns ihr, werden langsamer und kleiner. Was wird am Ende übrigbleiben von uns, von unseren Pflanzen und unseren Sachen, wenn wir uns noch weiter beugen, wenn wir bald ganz auf der Erde liegen, winzig und wie gelähmt? Werden wir selbst zu Erde unter den spitzen Strahlen der Sonne?
Vielleicht wird Bananama an zu viel Sonne zugrunde gehen.
Vielleicht auch an etwas anderem, aber das müsste dann schnell kommen und unverhofft.

WAS ICH MIR WÜNSCHE:

Ich wünsche mir einen Koffer, in dem man die Sonne ein für alle Mal verschwinden lassen kann. Ein Koffer, den man schließt, und dann hat man Schatten und frische Luft. Ein Koffer, der nur Sinn macht, wenn er zu bleibt. Man braucht also am besten noch einen gewaltigen Felsbrocken, den man darauf wälzen kann, damit er den Koffer unter sich verbirgt.

Ein nackter, massiver Felsbrocken ist überhaupt etwas, was mir gefallen würde. Hier mitten im Garten, und

ganz ohne Idee dahinter, ohne einen Sinn oder einen Zweck.
Wenn ich das Internet benutzen darf, werde ich dort einen Felsbrocken bestellen. Der Postbote muss dann bei der Lieferung mit einem Kran kommen, um den Brocken in unseren Garten zu heben. Ich darf mich auch an den Kran hängen und der Postbote zieht mich einmal damit in die Höhe. Dort oben ist es kühler und ich kann sehr weit schauen, ganz kurz nur, bevor der Postbote den Kran wieder einfährt und mich auf der Erde absetzt. Die Erde unter meinen Füßen ist dann wieder richtige Erde, nicht nur Luft.
Ich darf das Internet aber nicht benutzen. Ich bin noch zu klein für das Internet. Das Internet ist so groß, es frisst kleine Leute ganz und gar auf. Vater sagt: Man muss eine gewisse Größe erreicht haben, um das Internet richtig benutzen zu können.
Mindestens zehn Jahre alt solltest du sein, und dann schauen wir mal.

So lange will ich auf den Felsbrocken nicht warten. Ich versuche, mir den Felsbrocken ganz genau vorzustellen. Mein Kopf soll ganz Felsbrocken werden, hart und grau. Wenn ich aufstehe, sind meine Beine zwei Kräne, die versuchen, mich hochzuheben. Sie mühen sich vergeblich. Es fehlt ihnen die Kraft. Sie heben mich nie hoch genug.

Vater und Mutter bestellen diesen Sommer eine Menge im Internet:

– Eine gusseiserne Bratpfanne, in der Mutter ein einziges Mal Bratkartoffeln macht. Vater sagt: Gute, alte, robuste Handwerkskunst. So was findet man in keinem Einrichtungsgeschäft und die meisten Leute wissen gar nicht mehr, wie man damit kocht.
Mutter wäscht die Pfanne nicht ab, denn Vater sagt: Auf keinen Fall darf da Wasser ran, so ein gutes Stück braucht ganz spezielle Pflege.
Die Pfanne bleibt mit dem restlichen Fett und einigen Krümeln Bratkartoffel neben dem Herd stehen, bis Mutter sie auf einen Schrank stellt, wo man sie fast nicht mehr sieht. Nur noch der Stiel ragt heraus und Fliegen surren nun öfter über dem Schrank.
– Handgefertigte Ledersandalen aus heimischem Bioleder, für Vater, für Mutter, für mich. Vater sagt: Die hochwertigsten Sandalen, die es gibt.
Ich trage die Sandalen ein einziges Mal, um in den Garten zu gehen, dabei schneidet das harte Leder der Riemchen mir so schmerzhaft in die Füße, dass ich sie ausziehe und auf der Stelle im Geräteschuppen verstecke. Mutter und Vater bemerken nicht, dass ich die Sandalen danach nie mehr trage. Sie selbst tragen sie ständig, sie halten die Schmerzen aus. Nur ich kann nicht gehen in den hochwertigsten Sandalen, die es gibt.
– Ein Küchenmesserset mit ergonomisch geformten Zirbenholzgriffen, einem Naturschleifstein für die Messerklingen und einem handgeschnitzten Zirbenholzblock, in dem die Messer zur Aufbewahrung stecken. Vater sagt: Schärfere, bessere Messer habe ich noch nie gesehen, damit geht alles ganz leicht von der Hand.
Ich weiß nicht, was mit den Messern alles leicht von

der Hand gehen soll. Zum Kochen sehe ich Mutter und Vater sie niemals benutzen. Aber wie sie so in ihrem Holzblock stecken und die seltsam geformten Zirbenholzgriffe sich wie zum Triumph in die Höhe recken, da sehen sie wie exotische Waffen aus. Sie scheinen so gefährlich, dass ich es meide, sie länger zu betrachten. Sie könnten mir beim Anschauen die Augen ausstechen.

– Ein großes Paket, gefüllt mit rein pflanzlichen Seifenstücken. Es sind so viele Seifenstücke, dass wir uns ein Leben lang die Hände damit waschen können. Trotzdem bestellt Mutter noch alle Zutaten, um selbst Seife herstellen zu können, wenn sie den Kopf einmal dafür frei hat.

– Ein großes Paket Dinkelvollkornnudeln, die im Mund zerbröckeln, bevor man sie kauen kann.

– Ein Waschbrett, das nun im Bad steht. Ich mache manchmal mit meiner Zahnbürste Musik darauf und Vater sagt: Das Kind ist grenzenlos kreativ.

– T-Shirts für jeden von uns, in denen absolut nichts Tierisches enthalten ist. Ich stelle mir T-Shirts vor, in denen stattdessen ein Hund steckt oder ein Schwein. Es bellt oder grunzt aus dem Kragen heraus und ich muss lachen.

– Einen Karton voll biologisch abbaubarem Plastikgeschirr, falls wir mal ein Grillfest machen, auf das ich lange warte. Und vergeblich.

– Einen Besen aus Palmyrafaser, was immer das ist. Es ist zumindest ein lustiges Wort.

– Eine handgefertigte Topfbürste, eine handgefertigte Flaschenbürste und eine handgefertigte Schuhbürste ohne tierische Borsten und mit Griffen aus heimischem

Buchenholz. Ich stelle mir vor, wie wir das ganze Haus und alles, was darin ist, damit sauber bürsten, und noch sauberer, so sauber, dass alles Alte wieder zum Vorschein kommt und alles wieder so gut ist wie früher. Wir bürsten aber nichts, die Bürsten verschwinden in einer Schublade und dort bleiben sie.

– Eine Regentonne aus feuerverzinktem Stahlblech. Feuerverzinktes Stahlblech klingt so schön, dass ich denke, Vater hat sie nur deshalb bestellt. Oder weil man in dieser Regentonne etwas anderes als Gießkannen und das noch viel tiefer versenken kann.

– Eine große Decke aus recycelter Baumwolle und eine handgestrickte Schurwolldecke, die Mutter nachstricken will, wenn sie einmal den Kopf dafür frei hat. Ich bekomme Schweißausbrüche und Schwindel, wenn ich mir die Decken anschaue, wie sie dick und schwer im Wohnzimmer liegen, während die Sonne durch alle Fenster hereinbrennt.

– Eine Sonnenuhr aus Bronzeguss, die so schwer ist, dass der Postbote, Vater und Mutter sie gemeinsam kaum tragen können. Sie stellen sie vor der Haustür ab und lehnen sie gegen die Hausmauer. Vater sagt: Wir lassen sie erst einmal da stehen, bis ich weiß, wo der beste Platz dafür ist.

So bleibt unsere Sonnenuhr im Schatten an die Hausmauer gelehnt stehen und zeigt immer die gleiche Zeit an, nämlich gar keine. Keine Sekunde vergeht.

– Gummistiefel aus Naturkautschuk für jeden von uns, dazu einen Stiefelständer aus unbehandeltem Eichenholz. Die Stiefel stecken seither auf dem Ständer und warten mit uns auf den Regen, der ausbleibt.

Vater und Mutter bestellen noch mehr. Mit jedem Paket, das der Postbote bringt, bleiben wir ein bisschen mehr, was wir sind, können wir uns besser verstecken vor der Hitze, dem Himmel, der Welt hinter dem Wald. Die Pakete stopfen die Löcher und kitten die Risse, die Bananama unter der flirrenden Sonne bekommen hat. Durch die Risse könnte etwas zu uns hereindringen, was wir noch nicht erahnen, was uns bedroht.

Die Lücke, die entstanden ist, wo vorher Hans war, kann keines der Pakete füllen.

WAS VATER MIR BEIBRINGT:

OZONLOCH – Ozon ist ein unsichtbares Gas. Es bildet eine Schicht um die Erde, die uns vor der UV-Strahlung der Sonne schützt wie ein riesiger Sonnenschirm. Ohne diese Schicht könnten wir auf der Erde nicht leben, weil wir die UV-Strahlung nicht aushalten würden. Die Schicht hat ein Loch, verursacht durch die Abgase der Menschen, und ist in den letzten Jahrzehnten bedenklich gewachsen. Der Schutz geht langsam verloren, die Sonne wird immer gefährlicher für uns.

Das Ozonloch passt in keinen Koffer. Man kann ein Loch nicht einfangen und wegsperren. Man kann auch die UV-Strahlung nicht in einen Koffer packen. Es gibt keinen Koffer, in dem man sich davor verstecken kann. Kein Material hält ihm stand. Das Ozonloch frisst jeden Koffer, es kaut genüsslich, es schluckt jeden Schutz. Durch das Ozonloch kommt alles zu uns herein, was wir nie haben wollten und was wir nicht aushalten. Das Ozonloch ist der Eingang für alles, was auch Bananama ins Wanken bringt. Man kann das Ozonloch nur vorübergehend mit guten Ideen und Märchen stopfen, mit schönen Träumen und vielen Pflanzen und Bäumen. Mit Paketen aus dem Internet. Aber das hilft nicht lange. Wenn die Löcher einmal da sind, schließen sie sich nie mehr ganz. Ein Loch bleibt ein Loch. Und die Sonne hört nicht auf zu scheinen. Sie trägt die Angst auf ihren Strahlen. Bananama ist ihr ausgeliefert. Die Sonne scheint hier wegen der hohen Lebensqualität sogar noch häufiger als auf dem Rest der Welt.

Ich werde den Sommer bald nicht mehr ertragen. Wir werden zerfallen zu trockenem Staub, der nichts mehr zu tun hat mit fruchtbarem Kompost. Bald werden wir endgültig ausgestiegen sein, aus der Jahreszeit, aus der Welt, aus dem Leben.

Der Herbst kommt unerwartet. Das heißt, erst einmal kommt der Wind. Der Wind kommt nachts, und er weht etwas gegen meine Fensterscheibe. Das Geräusch weckt mich auf, ein Klopfen, laut, kurz und dumpf. Es ist ein Vogel. Er liegt am nächsten Morgen tot unter meinem Fenster, er ist graubraun mit einem weiß gefleckten Bauch. Es ist ein schöner Vogel und ich denke: Jetzt ist es Herbst.
Vorsichtig hebe ich den Vogel mit beiden Händen auf und trage ihn zum Walnussbaum. Die Beerdigung dauert etwas länger als sonst, ich bin nicht richtig bei der Sache, und der Wind, der seit der Nacht anhält und stär-

ker wird, macht es mir schwer, alles nacheinander und in Ruhe zu tun, wie sonst bei Beerdigungen. Er fährt mir ins Gesicht und in die Ohren, er stellt dem toten Vogel die Federn auf und fegt mir die Erde vom Spaten, er ist nicht kalt, aber die Hitze hat er vertrieben, er ist laut und bringt alles in Aufruhr.
Ich freue mich über den Wind. Ich traue mich kaum, das zu denken. Ich bin nicht sicher, ob ich mich nach einem langen Sommer, den alle anderen Kinder wahrscheinlich mögen, darüber freuen darf. Ob es in Ordnung ist, dass man den Wind schön findet, weil er laut und ungemütlich ist, weil er einen wieder atmen lässt, weil er den Walnussbaum ächzen lässt und die Sträucher ringsum biegt. Immerhin hat der Wind auch den Vogel gegen mein Fenster geweht und getötet. Und es bleibt nicht der einzige Vogel, der diesen Herbst stirbt.

Der Wind hört nicht mehr auf, er bleibt und weht fast jede Nacht einen neuen Vogel gegen eines unserer Fenster. Morgens ist es meine erste Aufgabe, um das Haus zu laufen und nachzuschauen, ob wieder irgendwo einer liegt. Ich wasche mir sehr oft die Hände diesen Herbst. Ich höre bald auf, mir Fragen zu stellen wie: Warum treibt der Wind die Vögel gerade gegen unser Haus? Und warum sind es so viele? Sind sie schon tot, bevor sie gegen unsere Fenster krachen, oder sterben sie erst durch den Aufprall? Gibt es diesen Herbst auch in der Welt hinter dem Wald so viele tote Vögel?
Ich will darüber nicht mehr nachdenken. Ich erzähle mir die paar Witze, die ich kenne, wieder und wieder, ich erzähle mir das Märchen von Rapunzel immer wie-

der anders: Rapunzel heißt nicht Rapunzel, sondern Eisbergsalat, und es sitzt auch nicht in einem Turm, sondern auf der Spitze eines Eisbergs, und dort friert es fest.
Oder: Rapunzel hat so einen Hunger, dass es anfängt, sein Haar zu essen. Es knabbert an seinem Haar, und es kann nicht mehr aufhören, bis das Haar ganz kurz geknabbert ist, nur noch Stoppeln sind es. Da will der Prinz auch nicht mehr zum Rapunzel hinauf.
Oder: Rapunzel wird nicht in den Turm gesperrt, es könnte jederzeit gehen, die Turmtür steht offen. Es will aber nicht aus seinem Turm heraus, denn es hat Angst vor allem, was außerhalb ist, hauptsächlich vor den Dingen, von denen es nichts weiß. Das Rapunzel bleibt lieber hoch oben über allem, in seinem hellen Zimmer. Der Prinz bringt ihm Bananen mit, denn davon kann es nicht genug bekommen. Rapunzel und der Prinz sitzen im Turm und essen nichts als Bananen, und wenn sie nicht gestorben sind, dann tun sie das noch heute.
Oder: Rapunzels Turm wird abgerissen und es bekommt einen neuen, einen Niedrigenergiefertigteilturm. Der ist sehr ungemütlich. Er hat so viele Fenster, dass Rapunzel nicht weiß, aus welchem es jetzt sein Haar hängen soll. Dem Rapunzel wird ganz schwindlig bei dieser Überlegung, also macht es lieber die Augen zu und verkriecht sich in eine Ecke.
Rapunzels neuer Turm ist nicht sehr gut gebaut, die Fertigteile passen nicht recht zusammen. Der Wind bläst durch alle Ritzen herein.

Unsere Fenster sind verschmiert, immer mehr große Flecken sammeln sich darauf, an allen möglichen Stellen. Mutter putzt, wortlos, sie scheuert die Scheiben mit Essigwasser, bis der Lappen darauf quietscht. Anfangs putzt sie noch täglich, dann immer seltener, bald schon gar nicht mehr. Vielleicht findet sie es eklig, ständig den Rest toter Vögel in den Ausguss zu spülen, vielleicht wartet sie, bis der Wind nachlässt und der letzte Vogel gegen die Scheiben geprallt ist, damit sie dann alles zusammen erledigen kann, das ganze Haus in einem Aufwasch, von oben bis unten wird dann alles mit Essigwasser poliert.

Die Flecken werden jeden Tag mehr. Die Vögel schauen alle gleich aus. Mein Friedhof wächst ständig. Andernfalls wäre ich mir wohl nicht mehr sicher, ob es nicht immer derselbe Vogel ist, der wieder und wieder gegen unser Haus geweht wird. Ich würde mich dann fragen, ob genau dieser eine Vogel ein besonderer Vogel ist. Ist er ein Hinweis auf etwas, das wir nicht verstehen, und muss er deshalb wieder und wieder gegen unsere Fenster krachen? Und irgendwann sollen wir kapieren, was der Wind, oder wer auch immer, uns damit sagen will? Gibt es den Vogel überhaupt? In der Naturkunde, auf Vaters Vogelbestimmungswebseite? Oder ist es ein Märchenvogel, den nur wir sehen können und im Internet ist er nirgends zu finden? Ein Vogel, der nur in Banama existiert? Das wünsche ich mir. Dann wäre alles viel leichter zu verstehen.
Doch es sind eindeutig immer wieder neue Vögel, deren weiß gefleckte Bäuche in die Höhe ragen, wenn ich sie

im ersten Morgenlicht leblos im Gras finde. Das weiße Muster auf ihren Bäuchen ist auch immer verschieden, mal mit mehr dunklen Tupfern, mal mit helleren, mal schmutzig, mal sauber und schön. Ich hebe ständig neue Gräber aus, es kann also nicht immer derselbe Vogel sein, es ist kein Märchen.

Vater sagt zu Mutter: Die Haubenlerchen sind vielleicht nur der Anfang.

Es sind also Haubenlerchen.

Vater und Mutter sitzen abends in der Küche und unterhalten sich leise und gedämpft, weil sie nicht wollen, dass ich aufwache oder höre, was sie sagen. Ich verstehe auch nur diesen einen Satz: Die Haubenlerchen sind vielleicht nur der Anfang.

Vater nuschelt noch etwas, Mutter seufzt, dann ist es still.

Wenn Vater einen Namen für sie hat, dann kommen sie zumindest auf der Vogelbestimmungswebseite vor.

Sonst freue ich mich, wenn ich einen Vogel entdecke, den Vater mir dann auf der Webseite heraussucht. Er erklärt mir mithilfe der Webseite alles über ihn, und ich merke es mir gut. Je mehr Vogelarten ich kenne und je mehr ich über sie weiß, desto reicher fühle ich mich. Jede neue Art ist ein Schatz, den ich gefunden habe, und die Webseite ist die Bestätigung dafür, wie viel er wert ist und dass ich ihn in mir drinnen behalten darf.

Dieses Mal freue ich mich kein bisschen. Ich will auch nichts erklärt bekommen über die Haubenlerche, ich will nicht wissen, was sie frisst, wo sie am liebsten ihr Nest baut und was sie im Winter tut. Schon gar nicht will ich wissen, wie sie singt. Am liebsten würde ich den ganzen Eintrag heimlich von der Webseite löschen oder das Internet ausschalten. Aber gegen das Internet habe ich keine Chance. Es ist schneller und schlauer als ich. Man kann es nicht ausschalten. Und es bleibt auch nicht draußen, nicht in der Welt hinter dem Wald. Das, was ich mir am wenigsten aus dieser Welt wünsche, das kann ich haben, das reicht bis zu uns. Aber das, was ich gerne hätte aus dieser Welt, das bekomme ich nicht, das wird es nie geben in Bananama. So viel habe ich jetzt verstanden.

Ich habe das Wort Anfang längst beerdigt, aber scheinbar ist es wieder, wie so viele andere Wörter, aus seinem Grab gekrochen.
Die Haubenlerchen sind vielleicht nur der Anfang.
Ich würde gerne den ganzen Satz beerdigen, aber er ist zu groß, und ich will ihn nicht in Schönschrift schreiben. Ich will ihn kaum denken. Es ist ein wichtiger Satz, einer, den man nicht mehr loswird. Es ist ein Satz gegen Bananama, gegen alles Schöne und Gute auf der Welt. Gegen Träume und gute Ideen. Sogar gegen Schokoriegel. Gegen Haustiere. Gegen die letzten Sonnenblumen, die ihre Köpfe noch täglich dem schwachen Licht der Sonne entgegenstrecken, obwohl der Wind es ihnen schwer macht und sie manchmal fast bis zum Boden biegt. Die Köpfe der Sonnenblumen drehen sich mit den letzten Sonnenstrahlen mit, sie drehen sich um sich selbst, bis die Sonnenstrahlen am Abend verschwunden sind. Bis auch die gelben Blütenblätter braun, verschrumpelt und traurig herunterhängen.
Die Haubenlerchen sind vielleicht nur der Anfang.

Wenn man diesen Satz ausspricht, bleibt nichts, wie es war.
Ich weiß nicht einmal, was nach dem Anfang passiert. Das ist das Schlimmste.
Es grummelt gefährlich in meinem Bauch, wenn ich mir vorstelle, was ich alles wissen könnte.

Ich denke, dass Vater mit jetzt bald etwas über die Haubenlerche beibringen wird, aber stattdessen bringt er mir andere Dinge bei:

BIOMASSE – Masse aller organischen Stoffe, das heißt alles, was in der Natur lebt und wächst, und auch die Abfallstoffe, die daraus entstehen. Zum Beispiel Kompost. Speisereste, Äste, Tierkot, Rasenschnitt, Schlachtabfälle, Laub, etc. Grundsätzlich gibt es feste, flüssige und gasförmige Biomasse. Biomasse setzt sich aus lebender und toter Materie zusammen. Es steckt alles darin, was man zur Gewinnung erneuerbarer Energien und für gesundes Wachstum braucht. Leben und Tod ergeben also tatsächlich zusammen wieder Leben und Energie, und das auch noch kostenlos. Nichts, was man an Biomasse finden kann, sollte man also achtlos wegwerfen oder liegenlassen. Alles in der Natur ist zu etwas nützlich, wenn wir es nur nützlich sein lassen.

ENERGIEFELD – Überall sind Schwingungen. Alles, was lebt, hat eine Ausstrahlung, und diese Ausstrahlung bildet ein Energiefeld. Auch wir bewegen uns in einem Energiefeld, die ganze Zeit. Ein Energiefeld reagiert auf alles, was in der Umwelt passiert. Es bewegt sich ständig, es vibriert und ist so in Kontakt mit allem. Wenn wir lernen, unser Energiefeld zu erkennen und damit zu arbeiten, dann können wir Einfluss nehmen auf unser Befinden, auf unsere Gesundheit, und auch auf das, was uns umgibt. In unserem Energiefeld ist alles gespeichert, was uns jemals betroffen hat. Es weiß mehr als wir. Wir sollten darauf vertrauen und darauf hören, was es braucht. Nur so können wir unser Bewusstsein erweitern. Nur so werden wir weise, zufrieden und innerlich ruhig.

Ich gewöhne mich an die toten Vögel. Ich versuche, sie als Biomasse zu betrachten, als etwas Wertvolles, auch wenn es mir schwerfällt. Sie sind Teil der Schwingungen in unserem Energiefeld, denn so lange sie tot sind, leben wir noch. Und wenn es so ist, haben sie zumindest irgendeinen Sinn. Sie müssen einfach einen Sinn haben. Damit sie nicht umsonst gegen unsere Fenster prallen. Ich halte das Geräusch nicht mehr lange aus. Ein Prallen ohne Grund, das macht mich auf Dauer verrückt.

Ich gewöhne mich auch an den Wind, den ich trotz der Vögel noch immer mag. Sein kühles Brausen ist mir lieber als die heiße Stille, die mich den ganzen Sommer so sehr schwitzen und so schwer atmen ließ. Vater und Mutter sprechen nicht mehr über die Vögel. Ich stelle mir einen Koffer vor, in den ich meine Fragen packe und den ich dann beerdige. Tiefer als alles andere zuvor. Ich stelle mir auch einen Koffer vor, in den ich die Vögel lege. Sobald ich ihn schließe, werden sie wieder lebendig darin, flattern und pfeifen wild durcheinander, sodass der Koffer wackelt und es lustig aus ihm tönt. Ich darf ihn nur nicht öffnen, denn sonst sind die Vögel darin wieder tot. Es gibt zwei Arten von Koffern: Es gibt Koffer, über die man sich freut, weil man sie jederzeit öffnen und hineinschauen kann, und es gibt Koffer, die hat man, damit man sie zulassen kann. Man freut sich dann darüber, dass etwas in ihnen aufgehoben ist und für lange verstaut bleibt.

Mutter hat im Internet eine Töpferscheibe bestellt. Außerdem passendes Werkzeug und viele Kilogramm Ton. Der Postbote keucht, als er die Lieferung aus dem Auto wuchtet. Da hat wohl jemand eine Ladung Wackersteine für den bösen Wolf bestellt, sagt er grinsend zu mir. Ich lache. Mutter legt eine Hand auf meinen Kopf und lacht auch, aber nur ganz leise und kurz. Sie bittet den Postboten, die Lieferung gleich ins Haus zu tragen.
Ich stelle mir den bösen Wolf vor, und wie Mutter ihm den Bauch aufschneidet und den Ton hineinfüllt. Und wenn es nicht der Wolf ist, dann ist es sicher etwas anderes Böses, das Mutter mit dem Ton ausstopfen will.
Es gefällt mir, der viele Ton, und dass man so viel damit formen, so viel damit stopfen kann, was immer man möchte, und das wird dann fest. Als Mutter alles auspackt und sich in einer Ecke des Wohnzimmers eine richtige kleine Töpferwerkstatt einrichtet, schaue ich ihr sehr interessiert dabei zu. Ich glaube, dass Mutter sich darüber freut, ich weiß ja nie so genau, ob sie sich freut oder ob sie an etwas anderes denkt und dabei nur versehentlich ihr Gesicht zuckt, als freue sie sich.
Komm her, sagt sie, ich zeig dir, wie's geht.

Und dann töpfern wir. Mutter dreht Schüsseln, Tassen und Vasen, sie liest eine Menge Tipps und Tricks aus dem Internet durch und wird schnell sehr geschickt.
Ich forme Tiere. Ich forme viele Hasen, bis einer davon ausschaut wie Hans. Hans sieht mich mit kleinen Löchern an, die seine Augen sein sollen. Ich forme ihn einmal sitzend und einmal auf den Hinterläufen stehend. So habe ich das Gefühl, er ist nicht nur eine Tonfigur, sondern in Bewegung.
Dann versuche ich mich zu erinnern, welche Tiere ich schon alle beerdigt habe. Ich forme jedes einzelne Tier aus Ton und stelle die Tiere auf meine Fensterbank, von wo sie mich anstarren, bei Tag und bei Nacht. Ich spreche mit ihnen, ich bin froh, sie um mich zu haben. Sie sind ein Stück weniger tot, seit ich sie neu geformt habe und Vater sie in dem Ofen gebrannt hat, den er eigens für unsere Töpferarbeiten im Garten gebaut hat. Nach einer kinderleichten Anleitung aus dem Internet, sagt er.
Die Tiere sind fest, wenn ich sie angreife, fester, als sie vor ihrem Tod jemals waren. Am liebsten möchte ich alles aus Ton formen, damit es so fest wird, dass es bleibt. Und ich möchte auch Dinge formen, die es noch gar nicht gibt, die ich nicht habe oder noch nicht kenne:

Ein Happy Meal.
Ein Handy.
Eine Maschine, die den Wind anhält und startet, wann immer man will.
Ein Schalter, mit dem man die Zeit ausschalten kann.
Turnschuhe, die im Dunkeln leuchten, wenn man geht.

Kapital in Form von Gummibärchen. Oder Brausebonbons.
Ein Postauto, in das eine Welt passt.
Eine Revolution, die Spaß macht.
Überraschungseier.
Ein Trampolin, auf dem man so hoch hüpfen kann, dass man nicht mehr runterkommt.
Spezi mit Eiswürfeln und einem bunten Strohhalm.
Einen Strohhalm, durch den man Mut saugen kann.
Einen Strohhalm, durch den man schauen kann und etwas sieht, das einen tröstet. Zum Beispiel jemanden, der lustige Grimassen schneidet.
Schokoladenzigaretten.
Ein Skateboard, das keine Schubkarre ist.
Sammelkarten mit Comicfiguren.
Ein Schulbuch, in dem jeden Tag neue Dinge stehen.
Ein Einhorn.
Ein Prinzessinnenkostüm.
Ballerinaschuhe.
Kartoffelchips.
Eine Freundin zum Selberzusammenbauen.
Glück, das unter ein Bett passt, damit man es gut verstecken kann.
Glitzerperlen aus Plastik.

Mutters Schüsseln und Tassen und Vasen stapeln sich, Vater nimmt regelmäßig welche mit zum Tauschkreis und kommt dafür mit neuem Ton zurück. Mutter töpfert mehr, als Vater zum Tauschkreis bringen kann. Ihre Töpferscheibe dreht sich fast ununterbrochen. Manchmal sitze ich neben ihr und starre auf die Scheibe, bis

mir schwindlig wird. Es ist der Kreislauf der Natur, der sich da in unserem Wohnzimmer dreht. Wenn ich zu lange darauf starre, wird mir schwarz vor Augen.
Mutter wird nicht schwindlig. Sie wirkt zufrieden, auch wenn sie keine einzige der Schüsseln und Tassen und Vasen, die sie töpfert, je selbst benutzt. Sie formt sie, stellt sie Vater hin, damit er sie brennt. Vater nimmt die gebrannten dann aus dem Ofen und trägt sie zu den anderen, die schon fertig sind und sich überall im Wohnzimmer türmen. Die Stapel wachsen, aber Mutter interessiert das nicht. Sie schaut die fertigen Sachen nicht einmal an. Sie will nur an ihrer Drehscheibe sitzen, den nassen Ton zwischen den Händen, und dabei vergisst sie alles um sich. Mutters Töpferscheibe ist das Einzige, was sich in unserem Haus bewegt.

Während die Scheibe sich weiterdreht und mir nichts mehr einfällt, was ich noch formen könnte, lässt draußen der Wind nach, fast ohne dass wir es merken. Er ist leiser, er ist schwächer geworden, und eines Morgens sammle ich den letzten toten Vogel ein.
Ein paar Tage später rührt sich nichts mehr, die Luft steht wieder still. Die Bäume und Sträucher sind kahl und das Gras hat seine Farbe vollkommen verloren. Überall im Garten liegt braunes, feuchtes Laub, das der Wind zu Häufchen zusammengetrieben hat. Die Häufchen riechen nach Erde und Nacht. Der Rasenmähkäfer steht im Geräteschuppen und schläft. Ich stelle mir vor, dass er sich selbst dort eingeparkt hat, weil er gewusst hat, wann es Zeit ist, sich einen Platz für den Winter zu suchen. Ich weiß, dass Vater ihn abgeschaltet und in

den Schuppen getragen hat, aber die Vorstellung, dass es anders sein könnte, macht mir ein warmes und schönes Gefühl im Bauch. Ich streichle den Rasenmahkäfer und küsse ihn auf seinen schwarzen glatten Rücken, bevor ich die Schuppentür schließe. Jetzt bleibt sie lange zu.

Ich würde auch gerne im alten Schuppen überwintern. Im Dunkeln, hinter einer alten, hölzernen Tür.

4 DIE TOTEN MENSCHEN

Der Schnee fällt an einem Sonntagmorgen. Vater erzählt mir gerade die Geschichte von einem kleinen Tiger und einem kleinen Bären, die in einem schönen alten Haus wohnen. Eines Tages aber wollen sie das Haus verlassen. Sie wollen lieber nach Panama. In Panama riecht es nach Bananen. Ich weiß das längst, denn Vater hat mir die Geschichte schon sehr oft erzählt. Schon seit ich ganz klein war. Er hat sie mir zum Einschlafen erzählt und manchmal auch zum Aufwachen, zum Gesundwerden, wenn ich krank war, oder wenn ihm sonst gerade nichts eingefallen ist, was er mir beibringen konnte.
So wie heute. Vater ist etwas durcheinander. Er macht viele Pausen beim Erzählen. Als müsste er überlegen, wie es weitergeht. Als der kleine Tiger und der kleine Bär loswandern und sie eine Maus treffen, die ihnen nicht glaubt, dass es Panama wirklich gibt, da kommt Vater ins Stocken und überlegt, bevor er weitererzählt. Also erzähle ich selbst ein Stück weiter.
Und dann beginnt es zu schneien. Es schneit große, dicke, bauschige Flocken. Ich springe sofort auf und laufe zum Fenster. Es schneit so sehr, dass man die Bäume fast nicht mehr sehen kann. Der Garten ist schon nach wenigen Augenblicken unter einer weißen Schicht verschwunden, die immer dicker und dichter wird. Vater

steht neben mir. Wir sagen nichts. Wir hören nur leise das schleifende Geräusch von Mutters Töpferscheibe aus dem Wohnzimmer, das gut zu den Flocken passt, als machten sie dieses Geräusch beim Herunterschweben.
Vater sagt: Wer auch immer sich die Jahreszeiten ausgedacht hat, ich könnte ihn oder sie küssen. Hoffen wir nur, dass sie uns erhalten bleiben.
Wir stehen sehr lange am Fenster. Vater legt mir seine Hand auf das Haar, sie ruht schwer und gut darauf.
Der Schnee lässt mich alles vergessen, Hans und die toten Vögel. Auch den Wind. Es ist, als hätte er nie geweht. Der Schnee hat uns gefehlt. Es ist ein Glück, dass er jetzt da ist. Er macht ganz viel wieder gut und versteckt alles unter sich, ohne dass ich es begraben muss.
Ich muss nur weiter am Fenster stehen und dem Vergessen zusehen. Es schwebt weich und glitzernd vom Himmel, wie etwas ganz Wertvolles, und es legt sich leise auf unseren verwilderten Garten, auf das vergammelte, braune Laub und auf all meine Gräber. Auf all unsere gesammelte Biomasse. Es ist leise, aber anders leise.
Die Stille im Sommer war feucht und heiß, und voller Ahnungen und Geheimnisse. Voll verdorbener Früchte und stinkender, toter Tiere.
Die Stille, die der Schnee mit sich bringt, ist trocken, kühl und rein. Ich kann besser atmen in dieser Stille, meine Angst friert ein und wird starr, sie rumort nicht mehr in mir. Mein Atem ist stärker als sie. Auch die Helligkeit des Schnees ist anders als die Helligkeit der Sommersonne. Sie blendet, aber nicht so, dass ich mir die Augen verbrenne, sondern so, dass ich sie zusammenkneifen und lachen muss. Diese Helligkeit legt sich wie

ein schöner Hut auf mich. Ein Hut, den ich gerne trage, der bequem ist, mit dem ich mich größer fühle, breiter und sicherer. Der Hut macht mich stark. Ich kann gut denken darunter, aber nur Schönes und Reines.
Und dann hält Mutter ihre Töpferscheibe an, kommt in mein Zimmer und stellt sich zu Vater und mir. Ich stehe in der Mitte. Mutter legt mir ihre Hand auf die Schulter. Vater streichelt jetzt mein Haar. Eine ganze Weile sagen wir überhaupt nichts.
Dann sage ich: Ich will einen Schneemann bauen.
Mutter sagt: Wie wäre es mit einer Schneefrau.
Vater sagt: Wie schön ist doch Bananama.

Der Winter ist eine weiße, bauschige Wolke, durch die ich gerne wate und in die ich mich manchmal fallen lasse wie in ein riesiges Bett. Die Wolke trägt mich. Ich kann mir nur schwer vorstellen, wie die Tage außerhalb dieser Wolke waren. Ich denke selten an die Welt hinter dem Wald, weil die Wolke auch meinen Kopf ausfüllt. Ich denke, dass auch diese Welt jetzt weiß ist und gefroren.

Falls dieser Winter bald vorbei ist, wünsche ich mir einen Koffer, aus dem eine solche Wolke kommt, sobald man ihn aufmacht. Wenn man ihn wieder zumacht, ist die Wolke sicher darin verstaut.

Vater erzählt mir mehr Geschichten als sonst. Das liegt sicher daran, dass die Wolke auch seinen Kopf ausfüllt und er gerade nicht weiß, was er mir beibringen soll.

Zum Beispiel:
DIE GESCHICHTE VON DEM BUB, DER DEM BETTLER HELFEN WOLLTE, DANN ABER SEHR TRAURIG WURDE, ALS ER MERKTE, DASS DER BETTLER ÜBERHAUPT NICHT DANKBAR UND EIGENTLICH TOTAL KONSUMORIENTIERT WAR.

Die geht so: Es war einmal ein Bub, der kam auf der Straße an einem Bettler vorbei. Der Bettler schaute dem Bub in die Augen und sagte: Bitte, bitte, hast du ein paar Münzen für mich, ich hab solchen Hunger.
Der Bub kramte in seinen Hosentaschen, fand ein paar Münzen und gab sie dem Bettler. Der Bettler bedankte sich aber nicht, sondern sagte: Hast du nicht mehr? Davon kann ich mir ja keine Wurstsemmel kaufen.
Der Bub kramte wieder in seinen Hosentaschen, fand aber keine Münzen mehr. Dafür aber ein Brausebonbon und einen Keks. Er gab beides dem Bettler und sagte: Hier, davon wirst du nicht satt, aber es ist ein bisschen was.
Da wurde der Bettler wütend und sagte: Du willst mich wohl verarschen, was soll ich denn damit? Ich brauche Geld!
Der Bub wurde traurig und ging weiter. Er wollte ab jetzt nie wieder jemandem etwas schenken. Der Bettler aber stand auf, ging zum Sozialamt und beantragte Mindestsicherung, die er dann auch bekam und von der er sich als Erstes atmungsaktive Turnschuhe, ein Smartphone und eine Espressomaschine im Retrodesign kaufte.

Oder:
DIE GESCHICHTE VON DER ALTEN FRAU, DIE IHRE ENKELIN AUS LIEBE KRANK MACHTE.

Die geht so: Es war einmal eine alte Frau, die hatte eine einzige Enkelin, die sie über alles liebte. Die Enkelin kam oft zu ihr, und die alte Frau freute sich, wenn sie kam. Sie kaufte immer eine Menge Süßigkeiten ein, die sie ihrer Enkelin zu essen gab, denn sie hatte Angst, dass die Enkelin es sonst langweilig bei ihr fände. Die Enkelin liebte die Süßigkeiten und besuchte ihre Großmutter deshalb sehr, sehr gern. Die Eltern des Mädchens freuten sich, dass ihr Kind so gerne bei der Großmutter war, denn sie hatten selbst viel zu tun und waren froh, wenn das Kind gut versorgt war. Sie wussten ja nichts von den vielen Süßigkeiten. Erst später wunderten sie sich, denn da bekam das Mädchen Diabetes und musste von da an sein Leben lang Insulin spritzen.
Es wurde auch nicht sehr alt.

Vaters Geschichten haben immer ein wichtiges Ende, das ich auf keinen Fall verpassen darf, weil ich sonst die ganze Geschichte nicht mehr verstehe. Die Enden von Vaters Geschichten sind immer ein Beweis für etwas, oder ein Beweis gegen etwas, oder ein Ergebnis, das man unbedingt kennen muss, wenn man in Frieden einschlafen oder weitermachen will. Die Geschichten sind mehr wie Rechenaufgaben, sie machen ohne Ergebnis keinen Sinn und machen einen unruhig, wenn man sie nicht lösen kann. Es gibt immer ein Deshalb oder ein So-begriff-er-oder-sie-endlich oder ein Nie-wieder-

wie-zuvor-sondern-tausendmal-besser am Schluss. Darauf ist Verlass und ich beginne bald, unkonzentriert zu werden, während Vater erzählt. Ich höre der eigentlichen Geschichte nur mit einem Ohr zu und warte auf den Schluss, auf das, was man dick unterstreichen kann. Erst dann horche ich auf, die Geschichten davor fangen an zu verschwimmen und zu verschwinden.
Wenn ich Lust auf eine Geschichte habe, also nur eine Geschichte ohne Ergebnis, dann erzähle ich sie mir selbst.

Zum Beispiel:
DIE GESCHICHTE VON DEM BUB UND DEM BETTLER.

Die geht so: Es war einmal ein Bub, der kam auf der Straße an einem Bettler vorbei. Der Bettler schaute dem Bub in die Augen und sagte: Bitte, bitte, hast du ein paar Münzen für mich, ich hab solchen Hunger.
Der Bub kramte in seinen Hosentaschen, fand ein paar Münzen und gab sie dem Bettler. Der Bettler bedankte sich aber nicht, sondern sagte: Hast du nicht mehr? Davon kann ich mir ja keine Wurstsemmel kaufen.
Der Bub kramte wieder in seinen Hosentaschen, fand aber keine Münzen mehr. Dafür aber ein Brausebonbon und einen Keks. Er gab beides dem Bettler und sagte: Hier, davon wirst du nicht satt, aber es ist ein bisschen was.
Da wurde der Bettler wütend und sagte: Du willst mich wohl verarschen, was soll ich denn damit? Ich brauche Geld!
Der Bub sagte: Ich auch, ich werde welches besorgen.
Da ging der Bub nach Hause und nahm aus einer Dose,

die seiner Mutter gehörte, ein paar Münzen. Damit ging er wieder zu dem Bettler und gab sie ihm. Der Bettler sagte: Hast du noch mehr? Ich brauche mehr.
Der Bub nickte und sagte: Ich auch.
Da ging er wieder nach Hause und nahm wieder Münzen aus der Dose. Er ging wieder zu dem Bettler und gab sie ihm. So ging das dann immer weiter, bis die Dose der Mutter leer war. Da setzte sich der Bub zu dem Bettler und sagte: Jetzt weiß ich nicht mehr, wo ich das Geld herbekommen soll.
Der Bettler sagte: Auch egal, bleiben wir einfach sitzen und warten, bis uns wer anders welches gibt.
Also blieben sie einfach sitzen. Sie blieben einfach für immer da sitzen und warteten. Und dann passierte noch eine ganze Menge. Vielleicht aber auch gar nichts.

Oder:
DIE GESCHICHTE VON DER ALTEN FRAU UND IHRER ENKELIN.

Die geht so: Es war einmal eine alte Frau, die hatte eine Enkelin, die sie sehr liebte. Die Enkelin kam oft zu ihr, und die alte Frau kaufte immer eine Menge Süßigkeiten ein, die sie der Enkelin zu essen gab. Die Enkelin liebte die Süßigkeiten, weil sie zu Hause keine bekam. Also kam sie gerne zu ihrer Großmutter und sie kam auch immer öfter. Dann saßen sie zusammen am Tisch und aßen viele, viele Süßigkeiten. Sie kicherten viel und die Enkelin wollte am liebsten gar nicht mehr nach Hause. Also blieb sie für immer bei der Großmutter am Tisch sitzen und sie aßen und kicherten, bis die Großmutter starb. Da blieb die Enkelin aber trotzdem sitzen. Und als keine Süßigkeiten mehr da waren, kicherte sie einfach weiter. Obwohl sie Diabetes hatte und Insulin spritzen musste und nicht sehr alt wurde. Sie kicherte einfach immer weiter. Sie kichert wahrscheinlich noch immer, obwohl es sie gar nicht mehr gibt. Und wenn sie genug gekichert hat, dann wird sie etwas Neues ausprobieren, das hilft. Es fällt ihr dann bestimmt etwas ein. Zum Beispiel zappeln. Oder ganz stillhalten. Oder blinzeln. Oder pupsen. Oder eben etwas anderes.

Meine Geschichten haben kein Ende, sie können ewig weitererzählt werden und führen nirgendwohin. Im Gegenteil zu Vaters Geschichten helfen meine Geschichten tatsächlich beim Einschlafen oder beim Vergessen. Sie lassen mich in mir selbst verschwinden oder wegfliegen. Wenn Vater erzählt, bin ich immer so gespannt auf den Schluss, dass ich kaum an etwas anderes denken kann und mich vor Spannung nicht rühre. Bei meinen Geschichten kann ich in der Winterwolke liegen und meinen Kopf verlieren, ich kann pfeifen nebenher oder essen oder lachen. Die Geschichten, die ich mir selbst erzähle, sind ein bisschen wie Geschwister oder Freundinnen. Sie sind einfach da und bleiben, solange es Spaß macht. Und wenn es keinen Spaß mehr macht, gehen sie. Und kommen, wenn es langweilig wird, wieder. Auch ohne Verabredung. Sie schauen einfach vorbei.

Mutter ist etwas weniger abwesend als zuvor. Auch sie sitzt mit uns in der Winterwolke, auch ihr gefällt es anscheinend, wie weich und leicht die Tage darin sind.

Mutter töpfert weiterhin viel und kocht noch immer sehr oft asiatisch, wobei sie häufig ein Lied summt und sich schneller und schwebender bewegt als sonst. Manchmal setzt sie sich zu Vater und mir, wenn Vater mir eine Geschichte erzählt, und dann lächelt sie oder trägt sogar vergnügt einen Teil zu Vaters Geschichte bei.
Sie sitzt öfter als im Sommer am Küchentisch und zählt Kapital in Form von Geld. Vater sagt, das liegt daran, dass bald Weihnachten ist. Da geben die Menschen mehr Geld aus. Und außerdem liegt es an der Krise. Da denken immer mehr Leute um, weil sie müssen. Und umdenken heißt, sie kaufen mehr von Mutters Koffern.

Wir feiern Weihnachten nicht. Das heißt, nicht so wie die anderen, also ohne Geschenke und ohne Baum. Im letzten Jahr, als ich noch zur Schule ging, hat mich das traurig gemacht. Alle anderen sprachen nur davon, was sie sich wünschen und was sie bekommen, nur ich wusste nichts zu sagen, oder traute mich jedenfalls nicht, von meinen Wünschen zu erzählen, denn die hätte man sowieso nicht in buntes Papier packen können. Kein Wunsch davon wäre erfüllt worden. Ich war eine Außerirdische. Alle waren ganz aufgeregt, nur ich wusste nicht, weshalb ich es sein sollte. Bei uns war Weihnachten fast ein ganz normaler Tag. Außer dass wir an diesem Tag feierlich Brotkrumen für die Vögel in eine Schale legten und in den Garten stellten und Mutter Honiglebkuchen buk, die aber so hart waren, dass ich sie kaum kauen konnte. Auch nicht, wenn ich sie in meinen Tee tauchte. Sie wurden nie richtig weich.
Dieses Jahr, wo ich nicht mehr zur Schule gehe, ist es

etwas leichter. Es erinnert mich wenig an Weihnachten. Die Brotkrumen für die Vögel lassen wir weg, wir sprechen auch nicht darüber. Es ist, als wären wir uns längst schon einig darüber, dass es die Brotkrumen dieses Jahr einfach nicht gibt. An Heiligabend bäckt Mutter Lebkuchen mit Stevia, das Vater vom Tauschkreis mitgebracht hat. Vater sagt: Der Natur süßer Goldschatz, von dem noch fast keiner etwas ahnt.
Der Goldschatz ist in einem kleinen Glasfläschchen, er ist eine durchsichtige Flüssigkeit, von der Mutter fünf Tropfen in den Teig kullern lässt. Im Gegensatz zu Honig hat diese Flüssigkeit nicht einmal die Farbe von Gold. Sie ist ganz durchsichtig und die Lebkuchen schmecken auch nicht süß. Trotzdem essen wir einen Lebkuchen. Mutter isst sogar zwei.
Dann holt Vater sein Cello aus dem Schrank. Er spielt sonst niemals darauf. Auch an allen Weihnachten vorher hat er nicht darauf gespielt.
Gerade dieses Jahr aber bringt ihn wohl etwas dazu, Cello zu spielen. Vater kann gut Cello spielen, auch wenn es dunkel und traurig klingt, was er spielt. Er spielt nicht sehr lange, nur zwei oder drei Lieder. Das heißt, ich bin nicht sicher, denn ich kann nur schlecht erkennen, wann ein Lied zu Ende ist und das nächste anfängt, denn Vater macht keine Pausen, er hält nur mehrmals kurz still und atmet tief und laut ein, als wolle er etwas sagen. Dann spielt er gleich weiter. Als er fertig ist, stellt er das Cello wieder in den Schrank und Mutter sagt zu mir: Es ist spät. Es wird Zeit für dich.
Da ist Weihnachten wieder vorbei, fast als wäre es nie gewesen.

Der Schnee bleibt. Er liegt lange, es wird immer kälter, der Schnee friert und wird hart wie Stein. In unserem alten Haus wären morgens Eisblumen auf den Fensterscheiben gewachsen, dass man nicht hinausgesehen hätte. Vater hätte viel Holz gehackt und ich wäre den ganzen Tag auf dem Platz vor dem Ofen gesessen, wo ich geboren wurde.
Durch unsere neuen Fenster sieht man sehr gut hinaus. Es rührt sich nichts draußen. Alles ist Eis. Auch mein Friedhof ist beinahe unter der Eisdecke verschwunden. Nur die Spitzen einiger Kreuze ragen heraus, aber wenn man nicht weiß, dass es Spitzen von Kreuzen sind, erkennt man es nicht. Draußen gibt es nur noch das Glitzern und drinnen noch uns. Und unseren warmen Atem, der auf den Fensterscheiben abperlt, wenn man ganz nah an sie herantritt. Bananama ist zum ersten Mal seit langer Zeit ein gemütlicher Ort, an dem ich es gut aushalte, weil mein Bauch nicht mehr grummelt. Alles, was ihn grummeln ließ, ist wie in einer riesigen Tiefkühltruhe wohltuend erstarrt.
Einmal sehe ich in der Abenddämmerung einen dicken, zerzausten Fuchs unter dem Walnussbaum vorbeihuschen. Er ist so schnell, dass ich nicht sicher bin, ob es ihn tatsächlich gab. Der Schnee ist festgefroren. Es bleiben keine Spuren zurück.
Ich wünsche mir, dass der Fuchs echt war und noch immer irgendwo sitzt und auf uns schaut. Nachts schleicht er um das Haus und bewacht uns. Er gehört längst schon zu uns, wir haben ihn bis jetzt nur nie gesehen.
Im Gegensatz zu dem Fuchs hat die Angst eine Spur in mir hinterlassen. Es ist dieser Satz in meinem Kopf geblieben: Die Haubenlerchen sind vielleicht nur der Anfang.

Die Angst lauert in diesem Satz, hinter einem Strauch voller glitzernder Eiszapfen, und ich bin froh über alles, was sich im Notfall zwischen sie und mich stellt, oder zumindest zwischen uns durchhuscht. Mit dem dicken, zerzausten, huschenden Fuchs in der Nähe fühle ich mich daher noch wohler. Für eine Weile jedenfalls.

Folgendes könnte eine Geschichte sein: DIE GESCHICHTE, WIE ICH EINEN SCHREI VON DRAUSSEN HÖRTE.

Oder: DIE GESCHICHTE, WIE ICH DIE REINE SCHURWOLLE FÜRCHTEN LERNTE.

Ich bringe es nicht fertig, es als Geschichte zu erzählen. Wenn es eine Geschichte wäre, würde ich noch Schals tragen und würde Handarbeiten mögen. Ich hasse seither Schals und Handarbeiten aller Art:
Mutter hat im Internet viele Knäuel reine Schurwolle bestellt. Sie will die Decke nachstricken, die sie schon im Sommer bestellt hat. Sie hat aber den Kopf nicht frei dafür. Der Karton voller Knäuel steht im Hausflur, bis sich so viel Staub darauf gesammelt hat, dass man unsere Adresse darauf nicht mehr lesen kann.
Eines Morgens nimmt Vater den Karton, pustet den Staub herunter und stellt ihn auf den Küchentisch. Draußen schneit es hastig winzige, feine Flöckchen, die ausschauen wie Zuckerkörner. Ich habe Lust, mit Vater am Küchentisch zu sitzen und etwas Schönes zu machen, während draußen Zucker vom Himmel fällt. Weißer Zucker, den ich nicht essen darf, weil er süchtig, dumm

und dick macht, wie Vater sagt. Jetzt schaue ich ihn mir durch das Fenster an, Vater kann ihn nicht aufhalten. Ich kann ihn schon schmecken, er zergeht auf meiner Zunge. Er schmeckt wunderbar.

Vater sagt: Jetzt stricken wir einen Schal. Ich habe mir das über das Internet beigebracht. Das Stricken ist eine der vielen in Vergessenheit geratenen Handwerkskünste, die du mit auf den Weg bekommen solltest. Es ist ganz einfach. Ich zeige dir, wie's geht.

Er sagt: Es gibt nichts Wärmeres als reine Schurwolle.

Vater drückt mir zwei Stricknadeln in die Hand, stellt sich hinter meinen Stuhl und leitet meine Hände an, die ersten Maschen zu stricken. Immer wieder verliere ich den Wollfaden oder verheddere ihn. Bald aber habe ich eine erste Reihe Maschen, auf die ich eine zweite stricke, immer schneller und immer geschickter. Die dritte Reihe strickt sich beinah wie von selbst. Vater ist begeistert. Er setzt sich wieder, auch er strickt einen Schal. Wir sitzen den ganzen Vormittag und sprechen nichts miteinander, unsere Stricknadeln klappern beruhigend und immer gleichmäßiger, draußen fällt der Zucker ohne Pause vom Himmel und in meinem Bauch ist alles warm und ganz aufgeräumt und ruhig.

Bis ich einen Schrei höre.

Es ist ein kurzer, hoher Schrei. Es ist ganz sicher der Schrei einer Frau.

Ich lasse die Stricknadeln fallen vor Schreck und schaue Vater an, aber Vater strickt ohne aufzuschauen weiter. Er strickt etwas hastiger als zuvor. Weil er den Schrei auch gehört hat, aber ihn nicht gehört haben will. Weil er denkt, wenn er schneller strickt, ist der Schrei auch

schneller wieder aus unseren Köpfen und zwischen den Maschen aus Schurwolle eingefangen und nicht mehr zu hören.
Ich kann nicht weiterstricken, ich habe den Schrei noch immer in den Ohren. Hat Mutter geschrien? Aber noch während ich das denke, betritt Mutter die Küche und sagt: Ich werde mal was kochen, ich habe ein neues Curry-Rezept.
Mutter wird den Schrei im Curry ertränken.
Oder ich habe ihn mir doch nur eingebildet. Es war ein sehr, sehr kurzer Schrei. Aber er war schrecklich genug, dass ich sicher bin. Er kam von draußen. Draußen hat eine Frau geschrien. Und jemand oder etwas hat sie sofort wieder zum Schweigen gebracht.
Ich will nicht mehr am Küchentisch sitzen. Ich will auch keinen Schal mehr, in dem Schreie verstrickt sind. Er würde doch nur kratzen. Er würde so sehr wärmen, dass man darin erstickt. Ich will mich auf mein Bett legen und an die weiße Zimmerdecke starren. Ich will, dass mein Bett in einem Iglu aus Zucker steht. Ich will Schnee essen. Ich will frieren. Zu Eis werden. Und nie wieder reine Schurwolle anfassen. Sie kratzt.

Auf den Winter ist Verlass. Vater strickt noch eine Menge Schals mit verschiedensten Mustern, ich trage keinen und finde die Kälte am Hals wohltuend und gut. Ich wünsche mir, dass die Tiefkühltruhe sich nie mehr öffnet. Mit Geschichten oder ohne. Die Kälte ist meine Freundin. Die einzige und beste, die ich mir jetzt noch vorstellen kann. Sie legt mir ihre saubere Hand auf die Stirn. In meinem Kopf wird alles weit und klar.

Kurz vor meinem Geburtstag kauft Mutter ein Auto. Es ist ein ganz kleines Auto. Mutter sagt: Es fährt elektrisch, ganz ohne Benzin.
Sie sagt: Wir haben das Geld gerade übrig und dieses Auto schadet keinem, es ermöglicht uns aber viel.
Vater sagt zuerst wenig zu dem Auto und begutachtet es mit strengem Blick. In den ersten Tagen fährt niemand damit, es bleibt neben dem Bananamaschild am Straßenrand stehen. Vater und Mutter sprechen auch nicht über das Auto, Vater wirkt mürrisch und Mutter scheint, wie meistens, andere Dinge im Kopf zu haben.
Eines Tages steigt Mutter in das Auto ein und fährt los. Sie fährt die Straße hinunter Richtung Dorf, das Auto verschwindet hinter der ersten Kurve und taucht erst ein paar Stunden später wieder dort auf. Sie wiederholt das einige Tage hintereinander. Sie schleicht aus dem Haus, als wollte sie nicht dabei erwischt werden. Erst nach dem dritten oder vierten Mal frage ich sie: Wohin fährst du und darf ich mit?
Mutter sagt: Ich habe Dinge zu regeln, die sind langweilig für dich.
Erst an meinem Geburtstag sagt sie: Heute machen wir einen Ausflug, und weil es dein Geburtstag ist, fahren alle mit.
Mutter, Vater und ich steigen in das Auto und fahren bis zum Dorf. Wir fahren auf der Hauptstraße durch das Dorf. Ich schaue genau, ob ich ein Kind aus meiner Schule sehen kann, aber ich sehe niemanden. Alle sind zu Hause, niemand will bei der Kälte raus.
Wir fahren wieder aus dem Dorf hinaus und noch ein ganzes Stück weiter zu einem abgelegenen Bauernhof.

Die Straße ist an vielen Stellen vereist, sodass wir nur langsam fahren können. Es ist herrlich, so langsam zu fahren und so viel zu sehen. Obwohl es nicht viel ist, was es zu sehen gibt: verschneite Felder. Aber eben andere Felder als die um unser Haus. Ein anderer Schnee als der Schnee, unter dem Bananama liegt.

Die Hauptsache am Schnee ist, dass es viel Schnee ist, und dass er weiß ist und weiß bleibt, solange es irgendwie geht.

Der Bauernhof, bei dem wir halten, ist groß. Ich kann nicht erkennen, wie viele Gebäude es wirklich sind, es sind viele. Vater sagt: Die machen hier alles noch selber, und wenn wir Glück haben, gibt es heute Käsekuchen und frische Wurst.
Wir steigen aus und gehen auf das größte Gebäude zu. Hinter den zugezogenen Gardinen brennt Licht. Vater klopft laut an die Tür. Zuerst rührt sich nichts. Vater klopft lauter, es dauert ein wenig, dann geht die Tür auf und ein großer, dicker Mann in einer schmutzigen, blauen Latzhose steht vor uns und sagt unfreundlich: Ja?
Mutter und ich treten einen Schritt zurück. Vater räuspert sich und sagt: Ich habe gehört, hier kann man einkehren und es gibt einen Hofladen mit hervorragender Wurst.
Der Mann sagt: Im Winter geschlossen. Lohnt sich nicht. Im Mai wiederkommen.
Der Mann wirft die Tür zu, bevor Vater noch etwas sagen kann. Mutter steht schon beim Auto. Vater zögert, er überlegt, ob er noch einmal klopfen soll. Ich verstecke

mich hinter ihm. Falls die Tür doch ein zweites Mal aufgeht, will ich genauer in den Flur dahinter schauen. Nur ganz heimlich, denn ich fürchte mich ein wenig vor dem dicken Mann. Ich glaube, dass ich im Flur eine Katze gesehen habe und ich will wissen, ob sie einen Schwanz hat. Ich will ihr auch gerne einen Namen geben. Gerade, wenn sie keinen Schwanz hat. Aber auch mit Schwanz. Es ist mein Geburtstag, es wäre schön, an diesem Tag eine Katze zu taufen. Der Name wäre dann mein Geschenk, ich bräuchte noch nicht einmal einen Koffer, um dieses Geschenk darin zu verstauen. Ich hätte den Namen der Katze auch ohne Koffer bei mir. Ich könnte nach ihr rufen, wann immer man gerne eine Katze ruft, damit sie kommt und man sie kraulen kann.

Vater klopft nicht noch einmal. Als wir wieder im Auto sitzen und nach Hause fahren, sagt er nachdenklich: Dass den Menschen nicht endlich bewusst wird, dass man zusammenhalten muss. Dass es nicht immer darum geht, dass etwas sich lohnt. Dass der Egoismus so tief sitzt, selbst bei denen, die doch sonst alles richtig machen. Das verstehe ich nicht. Das will ich einfach nicht verstehen.

Bald darauf fährt Vater zum ersten Mal mit dem Auto zum Tauschkreis. Er kommt mit großen braunen Papiersäcken voller Mehl, Haferflocken, Grieß und Kartoffeln zurück. Er wuchtet die Säcke aus dem Auto und schleppt sie ins Haus. In einer Ecke der Küche stellt er sie ab.
Jetzt haben wir aber wirklich viele Vorräte, sagt er, und wenn wir etwas brauchen, tauschen wir sie einfach ein.

Vater fährt jetzt jede Woche mit dem Auto zum Tauschkreis. Er wuchtet die Säcke ins Auto und fährt los. Wenn er wiederkommt, wuchtet er die Säcke zurück in die Küche und Mutter schaut nach, ob sie leerer geworden sind. Meistens sind sie genauso voll wie zuvor, und nach einiger Zeit trägt Mutter den Sack mit den Kartoffeln zum Kompost, weil eine stinkende Flüssigkeit durch das Papier auf den Fußboden rinnt. Ein paar Tage später bemerke ich, dass Motten auf dem Sack mit den Haferflocken und auf dem Sack mit dem Grieß sitzen. Ich zeige sie Mutter und sage: Schau mal, die mögen das.
Da trägt Mutter auch diese beiden Säcke zum Kompost.
Das nennt man Foodcoop, sagt Vater, es dauert ein bisschen, bis es richtig läuft, aber irgendwann setzt es sich durch, und dann richtig.

Bis dahin backen wir aus dem Mehl unser eigenes Brot.
Ich will mir das Wort Foodcoop merken, damit ich es im Frühling beerdigen kann.

Das Brotbacken ist Vaters Sache. Er recherchiert lange im Internet über die Zusammensetzung verschiedener Teige. Er rührt mehrere Schüsseln Sauerteig an, der dann einige Tage unter einem Tuch auf dem Küchentisch ruht und schließlich jedes Mal von einer grünen, flaumigen Schicht überzogen ist, sodass Vater ihn zum Kompost trägt. Nach fünf oder sechs dieser Versuche beschließt Vater, auf eine andere Sorte Teig umzusteigen. Mit dieser Sorte klappt es. Wir essen unser erstes, von Vater im Brennofen gebackenes Brot. Es ist ein wenig verbrannt und zu hart, aber es schmeckt wunderbar. Wir essen das warme Brot auf der Stelle auf.

Vater rührt und knetet gleich einen neuen Teig, und ich darf ihm helfen. Von nun an backen wir beinahe jeden Tag. Die Brote sind bald schon nicht mehr verbrannt und hart, sondern goldbraun, luftig und weich. Ich sitze auf der Küchenarbeitsplatte und leere Wasser in die Schüssel, wenn Vater sagt: Wasser. Ich streue Mehl in die Schüssel, wenn Vater sagt: Mehl. Dann darf ich den Teig kneten, so lange ich möchte, und ich darf Laibe formen, Herzen und Hasen und Männchen, was immer ich formen will. Wir essen so viel Brot in diesen Wochen, dass ich beinahe vergesse, dass es auch andere Dinge gibt, die man essen kann. Wir essen das Brot nur mit Butter, manchmal macht Mutter noch einen Salat dazu, den Vater vom Tauschkreis bringt. Jemand dort muss einen Garten haben, der schon so frei von Schnee und Eis ist, dass so große, saftige, grüne Salatköpfe darin wachsen. Oder der Salat kommt aus einem Koffer, und der Koffer kommt aus einem Land, wo es immer warm ist und sonnig. Wo das ist, interessiert mich nicht, denn mir gefällt der Winter hier gerade sehr.

Wir brauchen tatsächlich weder Käse noch Wurst zu unserem Brot, es schmeckt am besten mit Butter und mit sonst nichts.

Die Menschheit sollte sich wieder darauf besinnen, dass man mit nichts als mit einem einfachen Butterbrot glücklich sein kann, sagt Vater. Er sagt: Ein Hoch auf die einfachen Dinge.

Mutter sagt: Das stimmt.

Wir lachen und kauen.

Wir kauen uns in den Frühling hinein. Ich habe begonnen, mich nun doch darauf zu freuen, seit Vater gesagt hat: Warte ab, wie gut so ein Butterbrot erst mit eigenen Radieschen schmeckt.
Als es zu tauen beginnt, lege ich mit Vater ein kleines Beet für Radieschen an. Unser Garten soll weiterhin eine Permakultur bleiben, sagt er, aber das Beet für die Radieschen müssen wir ein wenig freilegen und die Erde sachte lockern, damit die Radieschen Platz darin haben.
Vater hat im Internet extra eine geeignete kleine Harke für mich bestellt.
Aber vorsichtig, sagt er.
Die Regenwürmer, sage ich, ich weiß.
Mutter sieht uns zu. Mutter ist noch runder geworden über den Winter, ihr Gesicht ist ein wenig verquollen, obwohl es nur einfache Butterbrote und keine Schokoriegel zu essen gab. Sie töpfert fast nur noch, und wenn sie von ihrem Töpferstuhl aufsteht, atmet sie schwer. Ich höre einmal, wie sie zu Vater sagt: Mein Mantel geht nicht mehr zu. Und Vater antwortet: Ich hab dir gesagt, es liegt vor allem am Auto, aber du wolltest es ja unbedingt haben.
Mutter schweigt eine Weile, dann sagt sie: Wer weiß, wozu wir es noch brauchen werden.
Mir fliegt eine Haubenlerche durch den Kopf, ich höre einen dumpfen Aufprall, weit in mir drinnen. Ein leiser, kläglicher Vogelschrei. Das Wort Anfang. Ich hasse dieses Wort. Dann sagt Mutter: Für die Foodcoop war das Auto ja schon mal gut.
Und die Foodcoop ist gut, um den Aufprall und alle

Schreie zu vergessen, denke ich. Und mit dem Auto fahren wir direkt in das Ende hinein und lassen den Anfang einfach hinter uns. Oder besser: Wir fahren ihn platt. Wir brauchen breitere Reifen.
Mutter sagt: Ich muss nur einfach bewusster essen. Das letzte Jahr war alles etwas viel. Das weißt du selbst.
Vater nickt nur und schaut Mutter mit dem Blick an, den ich gut von ihm kenne. Dieser Blick sagt: Kein Wort mehr jetzt. Und Schluss.
Manchmal kann ich Vater nicht leiden, wenn er mich mit diesem Blick anschaut. Jetzt finde ich den Blick aber gut. Jetzt gerade ist mir das Schweigen ganz lieb. Es hat mehr Ende in sich.

Wir brauchen gleich einen Panzer anstatt einem Auto.

Ich kann es kaum erwarten, dass die Radieschen endlich wachsen. Jeden Morgen laufe ich jetzt in den Garten, der täglich ein wenig mehr Farbe bekommt, nur in den ganz schattigen Ecken, auch unter dem Walnussbaum, liegt noch ein wenig Schnee. Es dauert tatsächlich nicht lange, bis die ersten grünen Spitzen aus der Erde ragen. Ich lache laut und mache einen Purzelbaum im nassen Gras.

Und dann passiert in diesem Frühling etwas sehr Schönes.
Und dann passiert in diesem Frühling etwas sehr Schreckliches.

Aber das Schöne passiert zuerst:
Mutter holt wie jeden Tag die Post aus dem Briefkasten. Es ist ein roter Briefumschlag dabei, ich kann ihn von meinem Fenster, durch das ich Mutter täglich beim Post holen zuschaue, deutlich zwischen den anderen Briefumschlägen sehen. Mutter kommt zurück ins Haus und direkt in mein Zimmer. Sie reicht mir den Briefumschlag feierlich. Sie sagt: Der ist für dich.
Ein roter Briefumschlag, auf dem in einer ordentlichen Handschrift mit bauchigen Buchstaben mein Name steht. Ich mache den Umschlag vorsichtig auf. Ich will das Papier auf keinen Fall kaputt machen, ich will diesen Umschlag lange aufbewahren, ganz egal, was drin ist.
In dem Briefumschlag steckt eine Karte mit bunten Luftballons auf der Vorderseite. Auf der Rückseite stehen in derselben Handschrift ein paar Zeilen, ein Datum und eine Uhrzeit. Ein Mädchen aus meiner alten Schulklasse lädt mich zu seinem Geburtstagsfest ein.
Ich muss die Zeilen mehrmals lesen, bevor ich sie glaube. Kurz bevor ich nicht mehr zur Schule ging, kam das Mädchen neu in die Klasse. Es hatte schwarze Haare und schwarze Augen, viel dunklere Haut als ich und alle anderen Kinder in der Klasse. Die Lehrerin sagte, das Mädchen käme mit seiner Familie von sehr weit her. Es sprach wenig, ich glaube, dass es unsere Sprache nicht richtig verstand. Einige Male stellte ich ihm eine Frage, aber jedes Mal sah es mich nur aus seinen schwarzen Augen an, lächelte und schwieg. Es hob auch nie seine Hand zur Antwort, wenn ein Lehrer etwas fragte. Keiner der Lehrer sprach das Mädchen jemals vor der Klasse an.

Ich habe das Mädchen schnell vergessen. Ich habe versucht, alle Kinder aus meiner Klasse zu vergessen, damit ich sie weniger vermisse und ich mich besser auf das Aussteigersein konzentrieren kann. Das Mädchen, das immer schwieg, konnte ich schneller vergessen als die Mädchen, die immer viel von ihrem Spielzeug erzählten und was sie sich wünschten und was sie bekamen.
Jetzt denke ich an das dunkle Mädchen. Es hat in der Zwischenzeit wohl unsere Sprache gelernt. Die ordentliche Schrift ist nicht die einer Mutter, sondern gehört einem Mädchen, das sich sehr viel Mühe gibt und nicht sehr oft etwas schreibt. Sicher ist es die erste Einladung zum Geburtstag, die es überhaupt je geschrieben hat, und das gefällt mir, denn auch ich habe bisher nie eine geschrieben. Und schon gar keine bekommen.
Ich lese die Zeilen wieder und wieder. Ich laufe zu Mutter und lese sie ihr vor. Ich frage: Darf ich da hin?
Mutter nimmt mir die Karte aus der Hand und sieht sie sich lange und sehr genau an. Ich fürchte, sie könnte Nein sagen, denn sie schaut sich die Karte ernst und wirklich sehr lange und sehr genau an, als könnte sie darauf etwas finden, was nicht stimmt oder schlecht ist, weshalb sie Nein sagen müsste. Dann aber nickt sie und sagt: Ich werde dich hinbringen.
Ich falle Mutter um den Hals. Sie sagt: Ist ja gut.

Ich bin sehr aufgeregt, als Mutter mich einige Tage später mit dem Auto zum Geburtstagsfest fährt. Das Mädchen wohnt am Rand des Dorfes, Mutter nennt es: die Siedlung. Das Mädchen wohnt in einem großen grauen Haus zwischen anderen großen grauen Häusern, die alle gleich aussehen. Die Häuser sind schon älter, sie haben große Löcher und Risse im grauen Putz. Aber sie sind sicher nicht so alt wie unser altes Haus, denn es wächst nirgends Moos oder eine Birke auf ihnen. Die Fenster sind aus weißem Plastik und nicht aus Holz. Das weiße Plastik ist so weiß, es strahlt wie viele weiße, weit aufgerissene Augen mit rabenschwarzen Pupillen, denn obwohl es Tag ist, sind die Scheiben alle ganz dunkel. Hinter keinem der Fenster brennt Licht.

Wir sehen wieder niemanden auf den Straßen, als wir durch das Dorf fahren und durch die Siedlung, auf der Suche nach dem richtigen Haus. Da ist kein Mensch, obwohl dieses Mal die Sonne scheint und es nicht kalt ist. Es scheint, als wären alle verreist. Ich frage mich, wohin sie alle gereist sein könnten und weshalb alle gleichzeitig.

Erst kurz bevor Mutter vor dem großen grauen Haus mit der richtigen Nummer bremst, biegt ein Mann um die Ecke. Der Mann ist sehr groß und sehr dünn. Seine Kleidung ist schmutzig und zerknittert, sein Gesicht verschmiert. Der Mann sieht zu uns her, aber heimlich, als sollten wir seinen Blick aus den zusammengekniffenen Augen nicht bemerken. Ich kann seinen Blick aber spüren. Wie wenn man ein kleines Steinchen im Schuh hat, auf das man ständig tritt. Man holt es nicht heraus, denn es pikst nur ganz leicht bei jedem Schritt, aber es ist unangenehm, man geht anders als sonst. Ich sitze anders als sonst hier im Auto unter dem Blick des Mannes. Seine Augen bleiben zusammengekniffen, sein Mund eine schmale Linie. Nach einem seltsam langen Moment dreht der Mann sich um und verschwindet wieder hinter der Hausecke. Mutter bleibt noch einen Augenblick reglos sitzen. Dann holt sie tief Luft und sagt leise, wie zu sich selbst: Na also, du kommst ja zu spät.

Es gibt zwölf Türklingeln an der Haustür. Als Mutter die richtige Klingel gefunden hat, dauert es einige Minuten, bis sich etwas tut. Was, wenn alles ein Irrtum ist? Wenn ich nicht eingeladen bin, wenn es gar kein Geburtstagsfest gibt?
Dann aber surrt das Türschloss und Mutter drückt die Tür auf. Wir betreten das Haus und steigen die Treppen hinauf in das Stockwerk, in dem eine große Zwei an die Wand gemalt ist. Es gibt drei Wohnungstüren, eine ist einen Spalt breit geöffnet. Es ist niemand zu sehen. Mutter keucht. Sie ist ganz rot im Gesicht und fächelt sich mit beiden Händen Luft zu, bevor sie mich zur geöffneten Tür schiebt. Mutter kommt mir jetzt plötzlich sehr dick vor, als sie schnaufend sagt: Hier ist es. Viel Spaß. Ich hole dich um fünf Uhr wieder ab und warte dann unten.
Mutter steigt die Treppen hinunter, das Haustor fällt zu. Aus dem Innern der Wohnung höre ich leise Stimmen. Stimmen, die ich kenne, aber lange nicht gehört habe. Sie plätschern in mich hinein und vibrieren warm und gut in mir. Ich schließe die Augen und lächle. Ich stehe eine ganze Weile so da und lausche den Stimmen. Ich verstehe nicht genau, was sie sagen, aber sie klingen vergnügt. Ob meine Stimme noch dazu passt? Und wie klingt sie eigentlich zwischen anderen Stimmen? Stimmen, die nicht Vater und Mutter gehören. Kann ich

einfach in diese Wohnung eintreten und meine Stimme unter die anderen Stimmen mischen?
Ich stehe lange im Treppenhaus, bis das dunkle Mädchen die Tür öffnet. Es ruft vergnügt: Hallo!
Das Mädchen ist anders, als ich es in Erinnerung habe. Seine Haare und seine Augen sind noch immer schwarz, aber heller. Ich kann es schwer beschreiben, was sich an dem Mädchen verändert hat. Es lacht lauter, sein Hallo klingt holpriger als meines, aber auch nicht so fremd, wie ich es erwartet habe.
Ich trete auf das Mädchen zu und überreiche ihm meine Geschenke: ein Papiersäckchen voller Radieschensamen, auf das ich viele Radieschen gemalt habe, und ein Brot in Herzform, das ich am Morgen mit Vater gebacken habe.
Ich sage: Ich wollte sie einpacken, aber wir haben zu Hause kein Geschenkpapier, wegen der Umweltverschmutzung.
Das Mädchen sieht mich an und dann meine beiden Geschenke. Es nimmt sie, etwas ratlos. Dann aber lacht das Mädchen wieder und sagt: Komm herein. Es gibt Kuchen und Tee, und danach spielen wir etwas.
Wir gehen ins Wohnzimmer. Dort sitzen vier andere Kinder aus meiner alten Klasse auf dem Teppichboden um einen niedrigen Tisch. Zwei Jungen, zwei Mädchen. Sie verstummen, als sie mich sehen. In der Mitte des Tischs steht ein Schokoladenkuchen, den ich lange anstarren muss, bevor ich mich auf die anderen Kinder konzentrieren kann. Wir kennen uns alle, aber keiner von uns weiß, was er sagen soll. Die anderen Kinder schauen mich an, ich schaue auf den Kuchen. Dann

essen und lachen die anderen Kinder weiter. Die Mutter des dunklen Mädchens betritt das Zimmer.
Sie sieht mich an und nickt lächelnd, sie deutet auf den Kuchen, stellt einen Becher Tee vor mich auf den Tisch und streicht mir über das Haar. Ich mag sie. Das Mädchen sagt: Du kannst dir Kuchen nehmen, so viel du willst, und der Tee ist sehr heiß, ich hoffe, er schmeckt dir.
Der Tee schmeckt mir sehr, denn er ist süßer als alles, was ich jemals getrunken habe. Auch der Kuchen schmeckt mir, er ist genauso süß wie der Tee. Viel süßer als Honig, viel süßer als alle Schokoriegel, die ich mir vorstellen kann. Der Kuchen klebt am Gaumen, sodass ich ihn mit immer noch mehr Tee hinunterspülen muss. Die Mutter des Mädchens schenkt mir Tee nach. Ich kann nicht genug bekommen, ich esse und trinke, als hätte ich einhundert Jahre lang nichts zu essen und nichts zu trinken bekommen. Wie Rapunzel, denke ich, und nehme noch ein Stück Kuchen und trinke noch einen Schluck Tee.
Ich höre nicht, worüber die anderen Kinder sich unterhalten, ich bin zu sehr mit dem Kuchen und mit dem Tee beschäftigt. Die Mutter des Mädchens streicht mir immer wieder über das Haar und scheint sich zu freuen, dass mir alles so gut schmeckt. Ich mag sie, obwohl sie kein Wort zu mir sagt. Sie steht neben mir, und ich finde es auf der Stelle gemütlich und will einfach nur sitzen bleiben. Wenn meine Mutter neben mir steht, denke ich immer, ich sollte aufspringen und etwas tun.
Schließlich toben die anderen Kinder durch die Wohnung. Sie spielen Fangen, dann Verstecken. Ich sitze noch immer am Tisch. Die Mutter setzt sich zu mir. Sie

deutet mit den Augen auf die anderen Kinder, als wolle sie fragen: Warum spielst du nicht mit?
Ich muss nichts antworten. Ich muss sie nur anschauen, und ich weiß, sie hat mich verstanden. Der Tisch ist eine rettende Insel, von der ich mich nicht entfernen will.

Alle sitzen wieder um den Tisch. Der Rest des Kuchens steht noch in der Mitte, aber jetzt kann auch ich nichts mehr essen, es passt nichts mehr in meinen Bauch.
Die Mutter ist aufgestanden und hat unsere Teller und Becher eingesammelt und aus dem Zimmer getragen. Ich höre, wie sie in der Küche nebenan das Wasser aufdreht. Das Klappern des Geschirrs. Ich schließe einen Moment lang die Augen und höre nichts mehr, nur dieses Geräusch. Es ist schön. Es klingt anders als zu Hause. Es klingt nach sehr viel Geschirr und sehr viel Wasser. Ich wünsche mir, dass es nicht aufhört. Ich wünsche mir ein Bett her, damit ich darin einschlafe mit diesen Geräuschen im Ohr.
Der Junge, der neben mir sitzt, gibt mir einen kräftigen Schubs und sagt: Hey, Schlaftablette, wir spielen Stille Post jetzt, und ich fange an.
Die anderen Kinder kichern.
Der Junge formt seine Hände zu einem Trichter und flüstert mir ein Wort ins Ohr: Polizeieinsatz.
Ich flüstere dem Mädchen neben mir das Wort weiter. Das Mädchen flüstert es wieder weiter. So geht das Wort einmal um den Tisch. Der letzte Junge im Kreis muss laut sagen, was bei ihm ankommt. Er sagt: Ostereischmatz.
Alle lachen. Wir lachen laut und lange, immer wieder

sagt einer von uns lachend das Wort Ostereischmatz, Ostereischmatz.
Wir spielen weiter, ich muss jetzt anfangen. Ich überlege, was ich sagen soll. Ich forme meine Hände zu einem Trichter und flüstere dem Mädchen neben mir ins Ohr: Pommes mit Ketchup. Das Mädchen flüstert es weiter, bis es bei dem Jungen neben mir angekommen ist. Er sagt laut: Bombenanschlag.
Jedes Kind im Kreis will sofort lachen, weil alle ein so lustiges Wort wie zuvor erwarten. Ein Mädchen lacht auch kurz auf, hält sich dann aber die Hand vor den Mund. Der Junge neben mir sagt nochmal: Bombenanschlag. Ich habe Bombenanschlag verstanden, sagt er.
Er sagt: Ha!
Keiner lacht. Alle um den Tisch schweigen, bis das Mädchen neben mir sagt: Jetzt bin ich dran, oder nicht? Also –
Es flüstert dem Mädchen neben sich etwas ins Ohr. Am Ende muss ich laut sagen, was ich verstanden habe. Ich sage: Sonnendoof.
Ich finde das Wort sehr lustig und sage es kichernd. Alle Kinder überlegen jetzt, ob sie kichern sollen, bevor sie es tun. Sie kichern zwar, aber es wird kein lautes Lachen, nicht wie beim ersten Mal.
Als das nächste Mädchen an der Reihe ist und noch überlegt, was es flüstern könnte, kommt die Mutter des dunklen Mädchens ins Zimmer. Sie hält ein Tablett in den Händen, darauf stehen Teller mit knusprigen Teigrollen und eine Schüssel voll Joghurt. Sie stellt das Tablett auf den Tisch, wir stürzen uns darauf. Das dunkle Mädchen sagt: Man muss sie ins Joghurt tauchen.

Wir tauchen die Rollen in die Schüssel mit dem Joghurt. Alle kleckern. In den Rollen ist Fleisch, in manchen Spinat oder Käse. Es schmeckt toll. Wir kleckern viel und essen alle Rollen auf.
Der Junge neben mir sagt: Jeder muss jetzt einen Vorschlag machen, was wir als Nächstes spielen. Noch während wir überlegen, klopft es laut an der Wohnungstür. Wir rühren uns nicht und sehen uns nur mit großen Augen an. Auch die Mutter bleibt reglos und lauscht nur. Es klopft noch einmal, jetzt lauter. Dann ist es eine Weile still.
Das Aufprallen der toten Vögel auf unseren Fenstern. Das Klopfen an der Tür klingt nun ähnlich dumpf in meinem Kopf, obwohl es in Wirklichkeit ganz anders klingt. Neu und unbekannt. Ich bekomme eine Gänsehaut auf den Unterarmen. Das Klopfen lässt die Insel ins Wanken geraten. Es klopft bis tief in mich hinein. Der Nachmittag ist vorbei. Alles könnte vorbei sein durch dieses Klopfen.
Schließlich, nachdem es ungewöhnlich lange geklopft hat, dringt eine zaghafte Frauenstimme durch die Tür: Hallo? Ist jemand da?
Die Stimme klingt vorsichtig, als wolle sie nicht stören, aber auch ängstlich, als könnten wir wirklich einfach verschwunden sein. Der Junge neben mir rührt sich als Erstes. Er springt auf und sagt: Meine Mutter. Das ist meine Mutter.
Er läuft zur Tür. Ich könnte seiner Mutter um den Hals fallen, als er mit ihr ins Zimmer kommt und sich fröhlich von uns verabschiedet. Alles ist ganz normal. Sofort sind alle im Raum wieder fröhlich, als wäre nichts gewesen.

Als der Junge und seine Mutter verschwunden sind, klopft es wieder und wieder an die Tür. Alle werden von ihren Müttern und Vätern abgeholt. Zuletzt sitze nur noch ich mit dem dunklen Mädchen im Zimmer. Wir schweigen und lächeln, während die Mutter in der Küche mit Geschirr klappert. Ich würde am liebsten sitzen bleiben. Ich stehe auf und reiche dem dunklen Mädchen die Hand und dann seiner Mutter. Ich sage: Tschüss und danke für alles.
Das Mädchen sagt: Bis bald.
Die Mutter hat nicht verstanden, was ich gesagt habe, aber ihre Augen sagen: Ich habe verstanden, dass du gerne noch bleiben würdest.
Sie lächelt und nickt mir zu.

Ich steige die Treppen sehr langsam hinunter. Ich drehe mich mehrmals um und schaue in jeden Winkel, um zu prüfen, ob dort wirklich nichts ist.
Es ist nichts. Ich höre auch nichts. Als ich vor dem Haustor stehe, blendet mich die Abendsonne. Unser Auto steht schon da. Es glänzt in den letzten Sonnenstrahlen, ich muss die Augen zusammenkneifen. Das Auto sieht nicht echt aus in diesem Licht. Es ist kein Auto, es ist ein Fahrzeug aus der Zukunft.
Mutter scheint mich nicht gleich bemerkt zu haben, denn als ich die Tür öffne, zuckt sie erschrocken zusammen.
Hallo, sage ich fröhlich.
Mutter legt sich eine Hand auf die Stirn und schließt ihre Augen für einen Moment.
Hallo, sagt sie leise. Ich höre es kaum.

Auf dem Nachhauseweg fragt Mutter endlich: Wie war es?
Ich sage: Lustig.
Ich erzähle nichts von dem Schokoladenkuchen und dem süßen Tee.
Stattdessen: Wir haben Fangen gespielt und Verstecken, und dann Stille Post.
Ich warte, dass Mutter fragt, welche Wörter dabei herausgekommen sind. Mutter fragt aber nicht, sondern schaut konzentriert auf die Straße.
Also sage ich: Stell dir vor, einmal ist das Wort Ostereischmatz rausgekommen.
Ich kichere.
Und dann das Wort sonnendoof.
Ich kichere wieder. Ich zögere. Dann sage ich: Und außerdem das Wort Bombenanschlag.
Ich versuche, es so lustig klingen zu lassen wie die anderen beiden Wörter. Ich kichere auch ein wenig, aber es gelingt mir nicht richtig.
Mutter bremst, ganz kurz nur, ruckartig, fährt dann aber langsam weiter. Sie dreht beim Fahren den Kopf zu mir und sieht mich an. Sie sieht erschrocken aus. Nur einen Moment lang, dann gibt sie wieder richtig Gas und schaut weiter auf die Straße.
Lustig, sagt sie sehr leise.
Und noch leiser: Wie schön, dass es dir gefallen hat.
Sie räuspert sich.
Ich nicke nur.
Nach einer Weile sagt Mutter: Hast du noch Hunger? Es gibt grünes Curry mit Tofu und gebratenen Reis.

Und dann passiert das Schreckliche.

Oder:
DIE GESCHICHTE VON DEM SCHRECKLICHEN, DAS DEN GANZEN FRÜHLING KAPUTT GEMACHT HAT.

Aber es ist ja leider keine Geschichte. Es ist wirklich so, und lieber würde ich es nicht erzählen. Nur: Wenn ich es nicht erzähle, dann wird es davon nicht weniger schrecklich. Und Bananama wird ohnehin nicht mehr das, was es war.

Also:
An einem sonnigen Morgen laufe ich in den Garten, um nach meinen Radieschen zu schauen. Es sind mittlerweile schon große grüne Blätter, die aus dem Boden ragen. An diesem Morgen sind sie verschwunden. Ein Mann liegt darauf. Der Mann blutet, überall. Er hat sich zusammengekrümmt. Ich glaube, dass er tot ist. Er bewegt sich nicht. Das Blut sickert ins Gras, dunkelrot, in die Erde.
Ich laufe ins Haus. Vater und Mutter sitzen noch am Küchentisch und frühstücken. Ich sage: Ihr müsst kommen. Bitte kommt.
Dann stehen wir zu dritt vor dem Beet und schweigen. Mutter legt die Hand auf meine Augen. Obwohl ich den Mann ja schon gesehen habe. Dann sagt Vater: Wir gehen erst mal wieder rein.
Ich flüstere: Wir könnten den Mann einmal anstupsen. Vielleicht ist er doch nicht tot. Wir könnten einen Lap-

pen holen und ihm das Blut aus dem Gesicht wischen. Oder ihn fragen: Wer bist du?
Warum liegst du hier?
Warum blutest du?
Ich flüstere sehr leise, vielleicht flüstere ich gar nicht und denke es nur. Mutter und Vater hören es nicht.
Mutter schiebt mich ins Haus und Vater geht hinter uns, er schließt die Haustür und versperrt sie. Ich laufe zum Fenster, um weiter in den Garten zu schauen. Ich sehe, dass der Mann zuckt. Ich bin ganz sicher, dass sein ganzer Körper kurz zusammenzuckt, dass sein Arm sich ein wenig in die Luft hebt, nur einen Zentimeter oder zwei, und dann sinkt er wieder und liegt schlaff am Boden. Vater zieht mich vom Fenster weg und bringt mich in die Küche. Mutter schmiert mir ein Honigbrot und dann noch eines. Ich will nichts essen, sage ich. Vater und Mutter stehen nebeneinander am Fenster und schauen in den Garten. Vater legt seinen Arm um Mutters Hüfte. Er zieht sie näher zu sich. Mutter verschränkt ihre Arme vor der Brust und legt ihren Kopf auf Vaters Schulter. Sie stehen lange so da. Ich sitze lange vor meinen Honigbroten.

Ich habe tausend Fragen im Kopf und denke doch nur immer wieder an die zwei Honigbrote. Und dass ich sie nicht esse. Ich rühre sie nicht an. Daran denke ich. An den Honig, der langsam von den Broten tropft und sich auf dem Teller verteilt. Irgendwann nimmt Mutter den Teller weg. Ich starre auf den leeren Tisch. Sobald die Honigbrote weg sind, sind die Fragen wieder da. Und das Blut.

Das Blut tropft aus der weißen Zimmerdecke herunter auf den Tisch. Es entsteht eine rote Pfütze auf der Tischplatte, die Pfütze wird Tropfen für Tropfen größer, sie breitet sich über die ganze Tischplatte aus. Bis das Blut mir in den Schoß tropft. Mein Schoß ist warm und klebrig.
Ich habe mir in die Hose gepinkelt.

Das Klirren des Autoschlüssels, der in eine von Mutters Tonschüsseln auf der Kommode neben der Haustür fällt. Das ist das einzige Geräusch an diesem Tag, an das ich mich sonst noch erinnere. Damit schlafe ich ein. Das Klirren ist nicht in meinem Ohr, ich halte es in der Hand. Ich halte es ganz fest, damit ich es nicht verliere.
Vielleicht ist es noch gar nicht Abend, als ich einschlafe.
Vielleicht ist es noch hell.
Vielleicht bleibt es jetzt immer hell, denke ich. Draußen, drinnen, überall.
Vielleicht wird es nie wieder Nacht.

WAS ICH MIR WÜNSCHE:

Ich wünsche mir einen Koffer, in dem die Nacht aufbewahrt ist. Ich kann mich jederzeit in den Koffer hineinlegen, einschlafen und träumen. Die Nacht im Koffer ist dunkel und angenehm kühl. Die Nacht deckt mich zu. Sie hält mich zusammen. Sie verhindert, dass ich zu Staub zerfalle. Es ist sehr gemütlich in diesem Koffer voller Nacht. In dem Koffer kommen die Träume von selbst. Die Nacht ist voller Sterne, und am Morgen klappe ich den Koffer auf, blinzle und habe noch einen Rest vom letzten Traum im Kopf.

In dem Koffer träume ich von einem Koffer, in dem Radieschen wachsen. Sie wachsen dort ungestört, jedes Mal, wenn man den Koffer aufklappt, sind die Blätter ein wenig größer, bis man die Radieschen ernten kann. Dicke, rote Radieschen.

In meinem Kopf liegen noch immer die Honigbrote vor mir auf dem Tisch. Ich kann nicht hineinbeißen. Ich kann nicht weinen. Der Mann liegt immer noch im Beet, obwohl er längst nicht mehr dort ist. Das Blut ist längst getrocknet. Es ist nicht mehr dunkelrot, sondern braun, und bald nicht mehr zu sehen, vom Regen weggespült, in der Erde versickert. Der Mann wird nicht mehr zucken, das Beet wird nie wieder ein Beet werden, das Klirren des Autoschlüssels in der Tonschale wird mir im Ohr bleiben und schmerzen. Bananama ist von einer braunen Blutkruste umgeben, dahinter erst kommen Felder und Wald. Ich ekle mich vor den Stielen des Rhabarbers, die ich letztes Jahr um diese Jahreszeit gerne gepflückt habe, um kichernd daran zu knabbern, weil sie so lustig sauer schmecken. Ich will nichts mehr anrühren, was hier um uns wächst. Ich will keinen Schritt mehr durch Bananama gehen, ich könnte auf etwas Totes treten. Aber der Bärlauch wuchert.
Selbst die dunkelsten Winkel von Bananama sind nun sagenhaft bärlauchgrün.
Es ist Zeit, ihn zu ernten, sagt Mutter, und: Herrlich, was die Natur uns alles schenkt.
Mutter ist plötzlich sehr fröhlich.
Der Bärlauch riecht scharf und wächst überall, auch unter dem Walnussbaum. Zwischen den Gräbern streckt

er seine hellgrünen, spitzen Blättchen durch die schwarzbraune Erde herauf. Der Bärlauch riecht sauer und frisch, und nach Blumen, die in keinen Koffer passen.

Mutter sagt: Der Bärlauch ist nicht nur lecker, sondern auch gesund. Der Bärlauch entgiftet.
Der Garten leuchtet hellgrün, so viel Bärlauch gibt es. Es leuchtet alles so sehr, dass ich nicht anders kann, als es zu mögen.
Mutter und ich sammeln große Schüsseln voller Bärlauchblätter und tragen sie ins Haus, um sie zu waschen. Trotzdem ist der Garten immer noch voller Bärlauch. Wir besitzen nicht genug Schüsseln, um alles zu sammeln. Mutter könnte nie so viele töpfern, wie wir bräuchten. Der Bärlauch ist uns voraus. Wenn er wirklich entgiftet, müsste Bananama in diesem Frühling völlig frei sein von Gift.
Wir lassen Wasser in die Schüsseln laufen. Ich tauche meine Hände tief in das kalte Wasser, in dem die Blätter schwimmen, ich tauche auch meine Ellbogen hinein, meine Oberarme, ich will mich vornüberbeugen und ganz in das Bärlauchwasser rutschen, damit ich nach Bärlauch rieche und nicht mehr nach mir. Mutter hält mich zurück. Sie sagt: Ich hole jetzt Gläser, wir machen Pesto daraus.
Mutter geht zu ihrem Regal, in dem die leeren Einmachgläser stehen.
Ich fürchte, sie könnte merken, dass es mittlerweile viel weniger Gläser gibt, als sie damals bestellt hat. Ob sie ahnt, dass die Gläser für meine Beerdigungen herhalten mussten? Sie sagt jedenfalls nichts. Sie nimmt so viele

Gläser aus dem Regal, wie sie tragen kann. Es gibt noch immer welche, die man nachrücken, mit denen man die leeren Stellen füllen kann. Als würden die Gläser sich von selbst vermehren.
Wir werden für immer leere Einmachgläser haben, wenn wir schon nicht genug Schüsseln haben können. Es werden immer mehr leere Einmachgläser sein, als wir füllen können. Ich muss noch endlos viele Wörter beerdigen. Die Gläser gehen mir niemals aus.
Mutter stapelt die Gläser in einen riesigen Topf. Sie füllt Wasser in den Topf, stellt ihn keuchend auf den Herd. Wir warten, bis das Wasser kocht. Dann nimmt Mutter eine lange, dünne Zange, mit der sie die Gläser aus dem heißen Wasser fischt und auf den Küchentisch stellt. Nicht anfassen, sagt sie. Sie gibt die Bärlauchblätter in ein Sieb und ich darf sie trocken schütteln. Aus dem Sieb gebe ich die trockenen Blätter wieder in die Schüsseln, Mutter leert Öl darüber, streut Salz darauf und gibt mir ein Glas voller Nüsse, von denen ich je eine Handvoll in die Schüsseln leere. Es sind Cashewnüsse. Warum nehmen wir nicht die Walnüsse aus dem Garten, frage ich. Mutter scheint es nicht gehört zu haben. Sie lächelt, während sie alle Zutaten mit den Händen vermischt. Wenn Mutter so lächelt und still ist, muss es still bleiben. Es bedeutet, dass Mutter ihren Kopf bei etwas hat, das sehr schön ist und auch sehr zerbrechlich. Ich stelle mir eine sehr dünne, sehr hohe Vase aus Ton vor, an der Mutter lange geformt hat. In der Vase stehen Blumen mit langen Stielen und winzigen weißen Blüten. Man darf auch nicht zu tief atmen, denn sonst verlieren die Blumen ihre Blüten und die Vase könnte wackeln, kippen und zerspringen. Es

darf jetzt kein Wort in Mutters Kopf geraten, keine Bewegung und kein Geräusch von mir, sonst geht alles kaputt.

Ich stelle mir einen Koffer vor, in den ich steige und mich darin auflöse, damit ich kein Geräusch mehr machen kann. Damit ich endlich still bin. Der Koffer trägt sich auf leisen Sohlen von selbst davon. Ich weiß nur nicht genau, wohin.

Mutter holt den Zauberstab aus der Schublade. Sie hat ihn schon so genannt, als er geliefert wurde. Ich habe mich seither gefragt, was er zaubern kann. Jetzt sehe ich ihr sehr gespannt zu.
Sie steckt den Stab in die erste Schüssel und macht aus den Bärlauchblättern, dem Öl, dem Salz und den Nüssen einen dicken, glänzenden Brei.
Der Geruch juckt in der Nase. Der Brei sieht aus wie zertretene Frösche. Wir füllen ihn in die Gläser. Ich halte das Glas fest und Mutter schaufelt den Brei mit einem großen Löffel hinein, bis das Glas randvoll ist. Ich schraube es zu. Wir füllen ein Glas nach dem anderen. Wir arbeiten wie eine Mutter-Kind-Maschine. Wir sprechen nicht. Immer wieder bin ich kurz davor, zu niesen, weil der Geruch des Breis in meiner Nase so juckt. Ich unterdrücke das Niesen.
Das letzte Glas lasse ich offen. Mutter sagt: Wir kosten es gleich.
Sie setzt einen Topf mit Wasser auf und holt eine Packung Nudeln aus dem Schrank.
Ich will den Froschbrei nicht kosten. Ich will nur Nudeln essen. Mutter sagt: Alles oder nichts.

Der Brei mit den Nudeln schmeckt gar nicht so schlecht. Mutter sagt: Er schmeckt nach Frühling.
Die restlichen Gläser will Mutter im Vorratsschrank stapeln. Es sind aber so viele, dass nicht alle hineinpassen. Mutter öffnet die Tiefkühltruhe und stapelt die letzten Gläser hinein.
So viel Frühling, denke ich. Ich stelle mir vor, wie der Frühling in der Truhe gefriert, hart wird und hell und so fest, dass man jemandem damit wehtun kann.

WAS ICH MIR WÜNSCHE:

Ich wünsche mir einen Koffer, in dem ein Zauberstab liegt. Der Zauberstab zerkleinert alles, was ich nicht hören, sehen, riechen und fühlen will. Er macht aus diesem ganzen Frühling einen dickflüssigen Brei, den ich ins Klo schütte. Der Regen spült ihn hinunter.

WAS VATER MIR BEIBRINGT:

MIKROPLASTIK – Winzige Kunststoffteilchen, die sich mittlerweile fast überall in unserer Umwelt befinden und auf natürlichem Weg kaum abbaubar sind. Sie sind im Wasser und in der Erde, sogar in manchen Nahrungsmitteln, wir bemerken sie nicht, aber sie sind da. Und wir sind selbst schuld, denn wir stellen sie her, weil in dieser Welt alles immer günstig produziert und aus Kunststoff sein muss, sogar die Zahnpasta, die Creme und die Seife. Wir waschen uns mit Plastik, und das sagt ja wohl alles.

Mikroplastik ist so klein, dass nicht einmal ein Zauberstab es noch weiter zerkleinern kann.

Ich will mir nicht mehr die Hände waschen. Ich will nichts mehr beerdigen. Ich will Rapunzel sein in einem hohen Turm, von dem aus man etwas anderes sieht als unseren Garten. Ich will nicht, dass es Frühling ist, es wieder Sommer wird. Ich will einen ewigen, eiskalten Winter, ich will auf dem Schoß einer Großmutter sitzen und dass sie mir erzählt, wie es früher war, als es noch kein Plastik gab, und womit sie sich die Zähne geputzt hat, womit sie sich eingecremt hat und woraus die Seife damals bestand. Ich will nicht, dass sie mir etwas von toten Menschen erzählt. Ich will überhaupt nichts Schlimmes mehr erzählt bekommen oder selbst erzählen müssen. Ich will mit Mutter und Vater Stille Post spielen und alle Wörter, die ich nicht mag, sollen am Ende lustige Wörter sein. Ich will mit Mutter und Vater kichern, dass das Mikroplastik um uns aufgewirbelt wird und wir gar nichts mehr sehen im Kunststoffturm.

Man kann jetzt wieder mehr Vögel singen hören. Ich höre sie abends, wenn ich im Bett liege und es langsam dunkel wird. Es wird immer später dunkel. Ich höre sie morgens, wenn es noch dunkel ist und langsam hell wird. Sie singen verschiedene Lieder, jeder ein anderes. Ich lerne, sie zu unterscheiden. Haubenlerchen sind keine dabei.
Ich schlafe wenig. Wenn am Abend die Vögel aufhören zu singen, bleibe ich mit offenen Augen liegen und sehe die zwei Honigbrote, die ich nicht angerührt habe.

Ich sehe einen Koffer, aus dem Blut schwappt, wenn ich ihn öffne, und das Blut verteilt sich um mich, ich kann nicht mehr aufstehen und weggehen, ohne durch die Blutlache zu tappen und rote Spuren zu hinterlassen. Das Blut läuft mir in die Schuhe und ist noch ganz warm. Ich kann den Koffer nicht mehr schließen, der Deckel klemmt. Der Koffer voll Blut geht einfach nicht mehr zu.
Ich ernte Radieschen, die bitter schmecken, als ich hineinbeiße. So bitter, dass ich denke, ich muss brechen. Aber ich kann nicht. Ich würge nur.
Ich laufe zu Mutter und Vater ins Schlafzimmer und sage: Ich muss brechen, aber ich kann nicht. Bald fangen die Vögel wieder an zu singen, ich kann nicht aufhören, darauf zu warten.

Und die Radieschen bluten.
Vater sagt: Das Kind kann nicht schlafen. Es hat seine Mitte verloren.
Mutter sagt: Ich geb dir was.

Mutter steht auf und geht ins Badezimmer. Sie kramt in ihrem Schrank, in dem eine Menge winziger Fläschchen voller Tropfen und weißer Kügelchen stehen. Sie überlegt, dann schüttelt sie den Kopf und sagt: Ach, es wird wohl ein Lavendel reichen.
Sie nimmt ein Fläschchen aus dem Schrank und nimmt mich an der Hand. Wir gehen in mein Zimmer, ich lege mich ins Bett und Mutter deckt mich zu. Mutter nimmt meine Hand und lässt mir drei Tropfen aus dem Fläschchen auf die Innenseite des Handgelenks kullern. Sie

reibt ein wenig darüber und verteilt die Tropfen. Dann tröpfelt sie sich noch ein wenig Flüssigkeit auf die eigene Hand, taucht den Zeigefinger hinein und reibt mir damit über beide Schläfen. Sie sagt: Jetzt wird geschlafen. Du wirst sehen, es hilft. Gegen Schlaflosigkeit und gegen Angst.
Die Flüssigkeit riecht nach einem Sommertag, der nicht zu heiß ist. Sie riecht nach unserem alten Haus. Und nach Großmutter, obwohl ich nicht weiß, wie sie gerochen hat. Mutter hat recht: Ich schlafe ein und träume von einem kühlen, himmelblauen See, in den ich mich rückwärts hineinfallen lasse. Das Wasser trägt mich.

Am nächsten Morgen klingen die Lieder der Vögel anders als sonst. Vielleicht haben sich die Vögel vermehrt und mit ihnen die Lieder. Sie singen wild durcheinander. Ich bekomme die Augen nur schwer auf. Sie sind ganz verklebt. Es riecht noch immer ein wenig nach Großmutter. Aber es riecht auch nach etwas anderem. Etwas, das ich mag. Und auch nicht. Etwas, das im Frühling blüht. Nach Flieder. Oder mehr nach Flieder mit Angst. Ich kann die Angst riechen. Oder den Tod. Das ist es. Ich bin jetzt ganz sicher: Beides ist noch da.

Alles andere ist ebenfalls noch da, nichts davon gefällt mir noch: der Garten, der eine Permakultur ist, der Kompost, der Rasenmähkäfer, der Walnussbaum und die Gräber. Um die Gräber mache ich nun einen Bogen. Ich beerdige nichts. Was man beerdigt, das ist sowieso nie ganz weg. Das bleibt im Kopf und auch in den Knochen. Man wird das Tote nicht los. Ich will nichts mehr vom Beerdigen wissen. Ich grabe mit meinem Spaten ein letztes großes Loch und werfe den Spaten selbst hinein. Vater schüttelt lächelnd den Kopf und sagt: Das Kind hat seinen eigenen Willen. Kinder sind einfach wunderbar.

Ich sitze auf der Terrasse und schaue dem Rasenmähkäfer zu, wie er seine Runden dreht. Das Gras ist wieder tiefgrün und wächst schnell, der Käfer hat viel zu tun. Neben mir ist ein kleiner Fleck Moos auf dem Holz gewachsen. Ich lege meine Handfläche darauf und stelle mir vor, sie läge auf dem moosigen Dach unseres alten Hauses. Das Haus ist geschrumpft, aber noch immer unversehrt und geschützt. Ich streiche über das weiche Moos und schließe die Augen. Ich will alles, was wirklich ist, nicht mehr sehen.

WAS ICH NICHT MEHR SEHEN WILL:

Ich will die vielen kleinen Pflänzchen nicht sehen, die Vater vom Tauschkreis mit nach Hause bringt. Tomaten, sagt er, Gurken, Paprika, Salat, Chili, Zucchini, Auberginen und seltene Kräuter. Raritäten, sagt Vater, alte Sorten, eine Vielfalt ohne Ende.
Ich will keine Vielfalt, ich will endlich einmal Bananen. Mit Schokocreme, mit der ich sie dick bestreichen würde, sodass meine Finger und mein ganzes Gesicht braun wären, wenn ich sie gegessen habe. Und mit meinen braunen Fingern würde ich dann durch unser Haus gehen und überall Abdrücke hinterlassen auf den weißen Wänden. Nichts darf mehr weiß sein in Bananama. Man muss den Schmutz und die Flecken sehen, damit es

wieder erträglich ist. Das Weiß der Wände ist falsch, es schmerzt in meinen Augen und wenn ich tief einatme, auch in meiner Lunge und meinem Herz.

Ich will auch den kleinen Karton nicht sehen, der seit Wochen geöffnet auf dem Küchentisch steht. Unzählige kleine Papiertüten voller Saatgut sind darin gestapelt. Mutter hat das Saatgut im Internet bestellt, sie hat den Karton vom Postboten entgegengenommen, geöffnet, hineingesehen, ohne ihr Gesicht zu verziehen, sie hat gesagt: Herrlich. Und hat den Karton auf den Küchentisch gestellt. Dann hatte sie ihren Kopf sofort wieder bei anderen Dingen. Seither steht der Karton dort.
Ich will nicht sehen, dass der Holunder blüht, die Erdbeeren und die Brombeeren, dass die Obstbäume weiße und rosafarbene Blütenblätter fallen lassen, die sich um unser Haus verteilen wie neuer Schnee. Es ist kein Schnee.
Ich will die Maulwurfshügel nicht sehen, die kreuz und quer in unserem Garten verteilt sind, jeden Tag kommen neue dazu, die Erde ist klumpig und nass und schokoladenbraun. Es ist keine Schokolade.
Ich will die Schaukel nicht sehen, die Vater mir an einen Ast des Walnussbaums gehängt hat. Ich werde auf keinen Fall über den Friedhof schaukeln.
Ich will den Walnussbaum nicht mehr sehen. Ich möchte ihn in kleine Stücke sägen, in einen Koffer packen und den Koffer in den Fluss werfen, der hier nicht vorbeifließt. Wenn ein Fluss hier vorbeifließen würde, dann würde mich das freuen. Ich könnte noch so einiges hineinwerfen und davonschwimmen sehen, was ich hier nicht mehr sehen will:

Die Tür, die fast immer versperrt ist. Damit Bananama bleibt, was es ist, wie Vater sagt. Es ist nicht mehr, was es war.
Mit einer offenen Tür hätte es sich längst in Luft aufgelöst oder wäre zu trockenem Staub zerfallen.
Ich will Mutters Töpferscheibe nicht mehr sehen, die sich dreht und dreht.
Ich will Mutters rote, prall gewordene Wangen dabei nicht sehen.
Ich will die Spuren der ersten Nacktschnecken nicht sehen, die in der Morgensonne glitzern. Die angefressenen Gemüsepflänzchen nicht und auch nicht Vaters Ringe aus Kaffeepulver, das er extra vom Tauschkreis mitgebracht und um die frisch gesetzten Pflänzchen gestreut hat, um sie vor den Schnecken zu schützen. Die Schnecken fressen sich trotzdem kreuz und quer durch unsere Permakultur.
Ich will die drei Komposthaufen nicht mehr sehen, die Vater angelegt hat, ich will nicht sehen, wie er tagelang im Gras sitzt und mit der Gartenschere dünne Äste kleinschneidet, weil Biomasse die beste Grundlage für einen guten Kompost ist. Ich will sein konzentriertes Gesicht dabei nicht sehen, sein Lächeln, und am Abend nicht die Gartenschere, die vor uns auf dem Küchentisch liegt wie ein Familienmitglied.
Ich will auch die Schnittlauchbrote nicht mehr sehen, die wir jetzt täglich essen. Überhaupt das ganze Kräuterbeet nicht, das so prächtig wuchert. Mutter sagt: Ich habe in meinem ganzen Leben noch kein prächtigeres Kräuterbeet gesehen, was für ein Reichtum!

Ich will die Brennnesseln nicht sehen und die Trichterwinden nicht und auch nicht den Sauerampfer, den Löwenzahn, die Schafgarbe, den Klee, das Wiesenschaumkraut und den Staudenknöterich. All diese wertvollen Wildkräuter, wie Mutter sie nennt.
Ich will mir die Welt hinter dem Wald vorstellen wie eine große, bunte Wundertüte. Aber es ist keine große, bunte Wundertüte. Etwas stimmt auch dort nicht, ich komme nicht dahinter, was. Ich weiß nur: Es lässt sich nicht aufhalten. Da kann Vater noch so viele Obstbäume um das Grundstück pflanzen. Noch einen Birnbaum, noch einen Apfelbaum, noch einen Kirschbaum, alles seltene, alte Sorten, und Vater schwitzt, während er die Löcher dafür gräbt und die Bäumchen hineinwuchtet. Er schwitzt umsonst.

Eines Morgens liegt eine Frau im Kräuterbeet. Die Augen der Frau sind weit geöffnet. Die Frau bewegt sich nicht. Es ist kein Blut zu sehen. Und das ist beinahe noch schlimmer. Die Wildkräuter sind grün wie immer. Die Lippen der Frau sind eine einzige schmale Linie, aus der kein Laut dringen kann. Ihre Haut hat keine Farbe. Ihre Haut ist nur noch eine Hülle, und in der Hülle ist nichts, nicht einmal Luft.

Ich wusste, dass es wieder passiert. Ich wusste es, wann immer ich Vater ansah und den Schmutz unter seinen Fingernägeln bemerkte. Obwohl er sich immer so gründlich die Hände wäscht. Die schwarzen Ränder bleiben. Vater sagt: Menschen, die naturverbunden leben, viel im Freien sind und mit ihren Händen arbeiten, die haben

Schmutz unter den Fingernägeln. Der Schmutz unter ihren Fingernägeln ist ein ehrlicher Schmutz.
Der Schmutz unter Vaters Fingernägeln hat mir alles verraten. Er gehört zum Leben von Aussteigern, und genauso gehören tote Vögel dazu. Der tote Mann. Die tote Frau. Überhaupt eine Menge toter Menschen. Ich kann sie nur nicht alle sehen. Ich weiß nicht, woher diese tote Frau kommt und warum sie gerade bei uns im Garten liegt. Als Aussteiger frage ich mich das nicht. Ich darf es mich nicht fragen. Ich muss fern von allen Fragen im Garten sitzen und den Wildkräutern beim Wachsen zuschauen.
Ich kann mir keinen anderen Garten vorstellen, in dem die tote Frau liegt. Ich kann mir kein anderes Banama vorstellen als dieses hier. Ich weiß, es ist die einzige Möglichkeit, und die letzte, und es führt kein Weg von hier weiter, es führt nur ein Weg durch den Wald und zurück. Ich habe das jetzt erkannt. Die tote Frau in unserem Garten hat das erkannt.

Ihre Augen sind offen.

Sie sehen mich die ganze Zeit an.

Sie gehen nicht mehr zu.

# 5 DIE GROSSMUTTER LEBT NOCH

(JEDENFALLS EIN BISSCHEN)

Wir wohnen in einem Koffer, auf dem in großen, schiefen, bunten Buchstaben Bananama steht. In diesem Koffer steht unser Haus. Der Koffer reicht bis zum Wald, zur Landstraße, zum nächsten Hügel, aber weiter nicht. Dort hört er auf. In diesem Koffer ist es hell. In diesem Koffer scheint immer die Sonne. In diesem Koffer ist alles tot.

Der Koffer, in dem wir wohnen, öffnet sich niemals. Wir haben ihn fest verschlossen, weil wir Aussteiger sind. Nur das Internet und das Sterbende kommen durch eine Lücke von außen in unseren Koffer. Aber das Internet darf ich erst benutzen, wenn ich zehn Jahre alt bin, und das Sterbende will ich vergessen. Das geht so: Ich mache die Augen zu.

Und erzähle Geschichten. Oder Witze. Denn das ist besser als lügen. Es ist meine einzige Möglichkeit. Man kann die toten Menschen darin weglassen und dafür andere Menschen lebendig machen. Man muss die Augen nicht öffnen.

DAS IST DIE GESCHICHTE VON DER GROSSMUTTER, DIE NOCH LEBT (ABER NUR EIN BISSCHEN).

Oder eigentlich: DIE GESCHICHTE, WIE VATER MIR ERKLÄRT HAT, WAS DEMENZ IST UND WIE ICH MIR DANN WÜNSCHTE, ICH HÄTTE SIE AUCH.

Die geht so: Einmal klopfte es abends an unserer Haustür, die wie immer schon zugesperrt war. Wir saßen gerade am Küchentisch und aßen etwas Asiatisches. Mutter und Vater rührten sich zuerst nicht und wollten nicht aufmachen. Aber es klopfte noch einmal und dann noch einmal, und dann rief eine krächzende, hohe Stimme: Ist jemand da?
Da zuckte Mutter zusammen und sah Vater an, Vater sah Mutter an und Mutter nickte schließlich. Dann stand sie auf und ging zur Tür. Vater sagte zu mir: Bleib besser sitzen.
Aber da war ich schon aufgestanden und mit einem Fuß schon im Flur. Ich blieb ein Stück hinter Mutter stehen. Mutter sperrte die Tür auf und öffnete sie, ganz langsam, als wenn die Tür sehr schwer aufginge und Mutter sehr viel Kraft dafür bräuchte, an der Klinke zu ziehen.
Da stand eine sehr alte Frau vor der Tür. Sie war klein und ganz dünn, hatte weißes, kurzes Haar, das von ihrem Kopf abstand, als wäre sie durch einen starken Wind zu uns gekommen. Es blies aber seit Tagen kein Wind. Es war seit Tagen mal wieder ganz still.
Mutter sagte: Mutter.
Die alte Frau fragte: Wer sind Sie?
Mutter sagte noch einmal: Mutter.
Die alte Frau murmelte: Ich will nur schnell ein Glas Kirschen holen. Zum Grießkoch. Der schmeckt doch so gut mit den eigenen Kirschen.

Mutter fragte: Wie bist du überhaupt hergekommen?
Die alte Frau murmelte: Ich wohne hier. Das ist ein schönes Haus. Ich habe hier schon immer gewohnt. Ich bin hier geboren. Wer sind Sie?
Mutter wurde ungeduldig und sagte sehr laut und bestimmt: Du wohnst hier nicht mehr. Du musst zurück. Die werden dich suchen.
Die alte Frau murmelte: Ich nehm auch gleich noch ein Apfelkompott mit. Für morgen. Morgen gibt's einen Sterz.
Die Frau zog eine Grimasse, vor der ich mich auf der Stelle fürchtete.
Mutter sagte jetzt langsam und deutlich: Du musst wieder gehen, verstehst du. Du wohnst hier nicht mehr.
Da kam Vater aus der Küche und schob Mutter und mich sanft zur Seite.
Vater sagte: Ich werde Sie fahren, wertes Fräulein. Wohin darf ich Sie bringen?
Die alte Frau lachte und sagte: Sie gefallen mir. Mit Ihnen würde ich tanzen.
Vater nickte Mutter zu und strich mir über den Kopf. Dann legte er der alten Frau vorsichtig eine Hand auf ihre knochige Schulter, die Frau wehrte sich nicht und ging mit Vater Richtung Auto. Die Frau ging langsam und wackelig. Ihr Rock war voller Flicken. Ihre Beine dürr wie zwei Äste. Vater bot ihr seinen Arm an, die Frau hängte sich vergnügt bei ihm ein. Beim Auto angelangt, öffnete Vater ihr die Beifahrertür, half ihr beim Einsteigen, schnallte sie an. Es dauerte alles sehr lange, die Frau war sehr langsam, ihr weißes Haar stand so weit vom Kopf ab, dass ich fürchtete, es könnte einge-

klemmt werden, als Vater die Autotür zuwarf. Die Frau drehte den Kopf nach allen Seiten und strich mit der Hand über das Lenkrad, als hätte sie noch niemals ein Lenkrad gesehen. Vater vergewisserte sich, ob die Autotür richtig zu war und stieg dann ein. Erst als das Auto anfuhr, schloss Mutter die Haustür und drehte schnell den Schlüssel um. Durch das Fenster sah ich dem Auto nach. Die Frau drehte sich noch einmal zu mir um. Sie sah mich nicht an. Sie zog nur wieder eine Grimasse. Es war eine andere Grimasse als zuvor. Es war eine wirklich hässliche Grimasse.

Während das Auto sich entfernte, sah ich nur noch das weiße, abstehende Haar der Frau über die Kopfstütze ragen. Es ist kein Haar, dachte ich. Es sind verdorrte Birkenäste. Ich hörte sie noch leise knacken und knistern, als das Auto schon hinter dem ersten Hügel verschwunden war.

Ich sah Mutter an, sie wich meinem Blick aus.

Wir setzten uns zurück an den Küchentisch. Ich hatte keinen Hunger mehr und schob meinen Teller von mir. Mutter aß noch zwei weitere Portionen, sie aß hastig und sagte mit vollem Mund: Es ist dir zu scharf, nicht wahr? Ich dachte mir schon, dass es zu scharf für dich sein könnte. Aber es braucht ein bisschen Schärfe bei diesem Gericht.

Als Vater zurückkam, lag ich schon im Bett. Mutter hatte mir die Schläfen mit Lavendelöl eingerieben, aber an diesem Abend mochte ich es nicht und schlief auch nicht davon ein. Es roch nicht mehr nach Großmutter, sondern nach einer alten, dürren Frau mit zerzausten

Haaren, die Grimassen schneidet. Und ein bisschen roch es nach alter Butter, nach Staub und nach lange getrocknetem Schweiß.
Vater setzte sich zu mir ans Bett und sagte lange kein Wort. Nach einer ganzen Weile dachte ich, dass ich den Geruch des Lavendelöls gleich nicht mehr aushalten könnte, dass ich daran ersticken würde. Also versuchte ich, den Geruch loszuwerden und verdrängte ihn mit meiner Stimme. Ich fragte: War das die Großmutter? Woher ist sie gekommen? Wohin hast du sie gebracht?
Vater sagte: Sie lebt in einem Heim. Es war besser für alle, sie dort unterzubringen. Sie ist heute abgehauen. Ich habe sie zurückgebracht.
Ich überlegte. Dann sagte ich: Ist sie nicht sehr traurig darüber, dass sie dort lebt und nicht bei uns? Vielleicht will sie weg aus dem Heim. Es gibt anscheinend keine Kirschen dort. Und vielleicht auch kein Wasser, um sich zu waschen. Vielleicht will sie woanders wohnen. Vielleicht vermisst sie uns.
Vater sagte: Deine Großmutter leidet an Demenz.

WAS VATER MIR BEIBRINGT:

DEMENZ – Demenz ist eine Krankheit. Viele Leute bekommen diese Krankheit, wenn sie alt werden. Diese Krankheit bewirkt Folgendes:

1. Man vergisst viel, manchmal auch, wer man ist.
2. Man kennt die Menschen nicht mehr, die einem nahestehen.
3. Man kennt sich in der Gegenwart nicht mehr aus. Man weiß nicht mehr, wie der Stand der Dinge

ist, was auf der Welt gerade passiert, wo man selbst sich gerade befindet.

4. Man muss oft lachen oder weinen, ganz ohne Grund.
5. Man spürt keinen richtigen Hunger und keinen richtigen Durst mehr.
6. Man sieht oft Dinge, die es nicht gibt.
7. Man findet oft die Wörter nicht mehr für das, was man sagen will. Man kann sich an die Wörter nicht mehr erinnern.
8. Man wird ein anderer Mensch, als der, der man war. Man kennt sich selbst nicht mehr.
9. Man lebt eigentlich nicht mehr richtig. Man lebt nur noch ein bisschen.

In dieser Nacht träumte ich von einem Koffer, in dem nichts ist. Einfach absolut nichts ist darin. Wann immer man ihn öffnet, ist er leer, und man kann hineinsteigen und darin nichts mehr sehen, nichts mehr verstehen, nichts mehr im Kopf haben. So wie die Großmutter. Man kann den Koffer überall mitnehmen, man hat die Leere immer dabei.

Als ich am nächsten Morgen aufwachte, wünschte ich mir, ich wäre alt und hätte Demenz. Ich fasste einen Entschluss: Ich würde von jetzt an versuchen, schnell alt zu werden und Demenz zu bekommen. Ich wusste noch nicht genau, wie das gehen sollte, aber weil ich sofort etwas dafür unternehmen wollte, lief ich in den Garten, sammelte ein paar dürre Äste ein und steckte sie mir zur Probe ins Haar.

Das ist eine seltsame und traurige Geschichte. Aber wenn ich sie nicht erzählt hätte, würde die Großmutter noch immer nach Lavendel riechen und wäre eine freundliche, ältere Frau. Dann würde sie keine hässlichen Grimassen schneiden und sie würde nicht stinken. Dann hätte ich nie von dem Koffer erfahren, in dem absolut nichts ist. Ich hätte noch immer viel zu viel Angst und hätte etwas sehr Wichtiges und gleichzeitig auch etwas sehr Einfaches vor lauter Angst nie gelernt:

Aber zuerst erzähle ich einen Witz. Also: Eine Frau geht um die Ecke, da ist ihr Auto weg. Ein Auto fährt um die Ecke, da ist die Frau weg. Eine Frau fährt in ihrem Auto um eine Ecke, da ist die Ecke weg.

Oder: Gehen zwei Kartoffeln die Treppe rauf. Sagt die eine zur anderen: Hey, wir können doch gar nicht gehen. Da gehen sie wieder runter.
Oder: Kämpfen zwei Tote um ihr Leben.
Oder: Was ist grün und steht im Wald?
Ein rotes Auto.

WAS ICH ALSO GELERNT HABE:

Wenn ich einen Koffer habe, in dem absolut nichts ist, dann ist der Wald, vor dem ich mich fürchte, kein Wald mehr. Er ist wieder der Biosphärenpark. Oder einfach eine Sammlung von Bäumen. Und ich kann hineinlaufen, zwischen diesen Bäumen hindurch, ohne an etwas zu denken. Wenn der Wald nicht mehr der Wald ist, dann ist die Welt hinter dem Wald auch nicht mehr die Welt hinter dem Wald, sondern etwas anderes. Etwas, das ich mir einfach mal anschauen kann. Sie ist gleich viel näher und kleiner. Es dauert nicht lange, dann stehe ich mittendrin. Zupfe mir die letzten Blätter und Äste aus dem Haar und von der Kleidung und habe dann die Hände frei, mir diese Welt zu packen. Sie ist handlich und leicht, eine Busfahrkarte ins Stadtzentrum, sie passt endlos oft in den Koffer voller Nichts, und dann ist noch immer Platz darin. Es ist Platz für Schwestern und Freundinnen und Nachbarinnen. Für Hasen, die bleiben, ganz ohne Stall. Für Pommes Frites und Schokoriegel, für alte Häuser mit finsteren Kammern, für Moos und Türen, die ich zuknallen kann, wann immer ich will, für Fluchtwege, Puppen und für Schulbücher, die ich wieder und wieder durchblättern kann, für Rapunzels Haar oder eine Perücke davon oder beides, für unendlich viel Glück, für Wildschweine, die lieber andere Dinge fressen als Glück, für das Vergessen oder genügend Schnee, der jederzeit beim Vergessen hilft, für richtige Bushaltestellen, an denen ich niemals allein stehe, für unendlich viele Geschichten, für Weihnachten und Witze, die immer da sind, wenn ich sie brauche.

In dem Koffer, in dem nichts ist, ist alles lebendig, auch wenn es tot ist. Nichts darin stimmt, alles ist falsch, und es ist gut so, es ist richtig.

In dem Koffer bin ich blind, sodass mir niemand in die Augen schaut. Und es ist dunkel, ich sehe auch das Blut nicht.

In diesem Koffer kann mir nichts passieren. Ich habe alles dabei, was ich zum Reisen brauche. Ich habe nichts dabei.

6 BANANEN

Es ist Sommer. Nachmittag. Und so heiß, dass ich in ein angenehm kühles Kaufhaus geflüchtet bin. Ich sitze in einer Umkleidekabine und schaue mich im Spiegel an. Ich bin eine Prinzessin. Ich bin die Prinzessin, die ihren Eltern Kapital in Form von Geld gestohlen hat, und sich jetzt alles kaufen kann, was sie will. Ich bin die Prinzessin, die kein Internet braucht. Ich kann in jedes Geschäft gehen und sagen: Das hätte ich gern.
In meinem Koffer ist unendlich viel Platz.

Ich schaue mich lange an. Ich drehe und wende mich vor dem Spiegel. Das Kostüm passt mir gut. Nur mein Haar ist noch zu kurz für eine Prinzessin. Aber das macht nichts. Ich werde mir einen Spiegel kaufen, in dem ich meinem Haar beim Wachsen zusehen kann. Wenn ich einen Spiegel besitze, wird mir niemals mehr langweilig. Ich bin dann immer zu zweit. Wenn mir etwas nicht gefällt in der Welt, dann schaue ich in meinen Spiegel und sehe es nicht mehr. Oder ich sehe es verkehrt herum. Ich lächle mich an und es ist wieder gut. Ich habe eine Schwester im Spiegel, und den Rest der Familie brauche ich nicht.

Ich werde die Großmutter suchen. Ich weiß nicht, wo ich anfangen soll. Aber mit dem Koffer, in dem nichts ist, ist mir kein Weg mehr zu weit, denn mein Gepäck hat kein Gewicht. Und wenn das lange Suchen und Umherirren mir doch zu anstrengend wird, schlüpfe ich in den Koffer hinein und ruhe mich aus. Der Koffer ist meine Unterkunft. Ich bin jederzeit gut darin aufgehoben. Ich kann jederzeit darin einschlafen, und wenn ich aufwache, ist alles wieder neu und leicht.

Ich werde der Großmutter Bananen mitbringen. Ich weiß nicht, ob die Großmutter Bananen mag, aber ihre Kirschen und ihr Apfelkompott kann ich ihr nicht kaufen.

Ich weiß nicht, ob die Großmutter wissen wird, wer ich bin, und ob sie sich freuen wird. Oder böse ist. Vielleicht wird sie nur lachen und mich gar nicht sehen. Wir werden Stille Post spielen. Ich werde der Großmutter Blut ins Ohr flüstern und ihrem Kopf wird gut daraus werden. Ich werde ihr Heimweh zuflüstern und es wird Scheinschnee daraus werden. Ich werde ihr Angst zuflüstern und es wird Hans daraus werden. Oder Tanz.

Ich beneide die Großmutter sehr um ihre Demenz.

Ich werde sie fragen, wie sie die bekommen hat. Ob es ein Geschäft dafür gibt. Ich weiß, dass man Krankheiten nicht kaufen kann. Aber möglicherweise gibt es etwas, das einem hilft, sie zu kriegen. Man kann auch nicht kaufen, dass man eine Prinzessin ist. Man kauft nur das Kostüm.

Die Stimme einer Verkäuferin dringt in meine Kabine: Wir schließen.

Ich lege zum Abschied die Hand auf den Spiegel. Meine Schwester lacht mich an. Die Verkäuferin wartet schon, dass ich herauskomme.
Sie sagt: Du bist aber eine hübsche Prinzessin.
Ich sage: Ich möchte das kaufen.
Die Verkäuferin sieht sich um, dann sieht sie wieder mich an und fragt: Ist deine Mama gar nicht dabei oder dein Papa?
Ich sage: Ich habe genügend Geld. Es wird reichen. Ich lasse das Kleid gleich an.

Wir gehen zur Kasse. Die Verkäuferin holt eine Schere aus der Schublade und schneidet mir im Nacken das Preisschild aus dem Kostüm.
Neunundzwanzigneunzig, sagt sie.
Ich stelle die Dose, in dem das Kapital in Form von Geld liegt, vor die Verkäuferin auf die Theke. Ich sage: Nehmen Sie es sich bitte heraus.
Die Verkäuferin zögert und schaut mich an. Sie fragt: Bist du sicher?

Sie öffnet die Dose und nimmt zwei Scheine heraus. Sie glättet die Scheine zwischen ihren Fingern, sie hat lange, schmale, saubere Finger, ihre Fingernägel glänzen wie Muscheln oder seltene Steine. Ich will auch solche Fingernägel. Mit solchen Fingernägeln kann man auf keinen Fall Gräber schaufeln oder Beete lockern. Mit solchen Fingernägeln ist man auf der Stelle reich und hat keine Sorgen.
Die Verkäuferin schiebt die Scheine in die Schublade der Kasse. Sie gibt mir eine Münze zurück. Ich lasse

die Münze in die Dose plumpsen. Es macht ein lustiges Geräusch, ich muss lachen. Die Verkäuferin sieht mich etwas irritiert an.
Dann viel Spaß damit, sagt sie.
Ich sage: Danke schön. Vielleicht komme ich morgen wieder und kaufe noch ein anderes Kostüm.

Ich ahne, dass auch in dieser Welt hinter dem Wald etwas gehörig nicht stimmt. Es riecht nach einem dunklen Geheimnis, einem versteckten Unglück, nach allem, was verblüht ist, und nach Sonnenbrand.
Und es steht in allen Augen, in die ich schaue. Es steht ganz klein, aber sehr deutlich darin: Etwas sitzt zusammengekauert hinter allen Pupillen und wartet, dass jemand aufhört zu blinzeln, damit es rauskommen und sein Unwesen treiben kann. Noch sind es lebendige Augen, noch blinzeln sie. Schauen in Schaufenster, auf Schilder und Ampeln und tun so, als gäbe es sonst nichts Besonderes zu sehen.
Diese Welt ist voll klebrigem Kaugummi auf dem Asphalt, voll schneller Radfahrer, bunter Plakate, schriller Sirenen und blinkender Lichter. Manche Menschen hier haben Geschichten und Witze mitten im Gesicht.
Ich gehe an einer breiten Straße entlang. Autos hupen und rauschen an mir vorbei. Ein Krankenwagen schiebt sich zwischen ihnen hindurch, seine Sirene ist besonders schrill. Ich sauge den Lärm in mich auf. Ich atme ihn ein und behalte ihn in mir. Es ist so viel, dass ich mir gleich viel größer und dicker vorkomme. Und wenn ich platze, dann können das sogar Mutter und Vater in Bananama hören. Dann zucken sie vor ihren Schnitt-

lauchbroten kurz zusammen, sehen sich an und fragen sich, was das war. Sie werden keine Antwort darauf wissen. Vater wird endlich einmal keine Antwort auf etwas wissen. Er wird lange im Internet suchen müssen.
Jetzt verstehe ich, warum Mutter so dick geworden ist.

Auf dem Gehweg kommen mir eine Menge Leute entgegen. Ich kann es noch kaum fassen, dass ich so viele Menschen sehe. Manche haben es eilig, ich schaffe es kaum, sie richtig anzuschauen, da sind sie schon an mir vorbei und in der Masse wieder verschwunden. Manche gehen sehr langsam, manche bleiben stehen und starren auf ihr Telefon, drücken darauf herum. Auf den Telefonen muss etwas sehr Interessantes zu sehen sein. Oder auch gar nichts, so wie in meinem Koffer. Die Bildschirme sind völlig leer. Ich werde mir auch ein Telefon kaufen.
Manche Leute sehen mich an und lächeln. Manche sehen mich grimmig oder sogar böse an. Aber ich fürchte mich nicht. Manche sehen mich ratlos an und schauen dann weg. Manche sehen durch mich hindurch. Als wäre ich Luft. Die Kinder an den Händen ihrer Eltern zeigen mit den Fingern auf mich und lachen mich aus. Ein älterer Herr sagt: Ja von welchem Stern bist du denn gefallen?
Er streicht mir über den Kopf.
Ich will antworten, aber da ist er schon weitergegangen. Ich weiß nicht, von welchem Stern ich gefallen bin. Genau genommen ist Bananama ja kein Stern, denn es leuchtet nicht. Wenn ich beschreiben soll, wo es liegt und wie es dort ist, dann fallen mir dafür keine Wörter ein. Außer Biomasse. Und Blut.

Die Hitze in dieser Welt ist eine andere. Sie ist genauso heiß, aber sie riecht nach Menschen, Atem und Schweiß, nach Stinkefüßen, nach Kompost, auf den jemand gepinkelt und nebenher eine Zigarette geraucht hat. Und sie riecht nach Autos. Ich hatte vergessen, dass Autos nach etwas riechen. Unser Auto roch nach nichts und es hat auch kein Geräusch gemacht. Das fällt mir erst jetzt auf. Unser Auto war stumm, wie alles, was zur Lebensqualität gehört. Ich glaube, in dieser Welt hier gibt es keine Lebensqualität. Ich vermisse sie nicht.
Auf dem Gehweg wird es leerer. Mein Prinzessinnenkostüm ist ganz nassgeschwitzt. Ich weiß noch nicht, wo ich heute schlafen soll. Ich frage mich, wo Prinzessinnen schlafen in dieser Welt.
Ich werde mir einen Turm suchen.

Von meinem Turm aus habe ich den Überblick: eine Schaukel, eine Wippe, eine Sandkiste, ein Klettergerüst. Eine Sitzbank und ein Abfallkorb. Aus dem Abfallkorb hängt eine Bananenschale. Sie hat schon braune Flecken. Morgen früh wird sie ganz braun geworden sein. Ich bin sehr zufrieden mit dem Platz, an dem mein Turm steht.

Zu meinem Turm führt eine Rutsche. Ich kann jederzeit hinunterrutschen, wenn ich das will. Ganz anders als Rapunzel. Oder wie ein Rapunzel mit sehr viel Glück. Ich muss auch nicht warten, bis mein Haar endlich lang genug ist. Ich bin ein Rapunzel mit kurzem Haar und sehr vielen Möglichkeiten. Und Kapital.
Jetzt bin ich die Rutsche aber erst einmal hinaufgeklettert und denke, dass ich hier oben gut schlafen kann.

Ich strecke mich auf den Holzbrettern aus. PEFC, denke ich, und will es fast aussprechen. Ich halte mir schnell die Hand vor den Mund. Wenn ich es sage, sterbe ich. Es ist die Formel, die ich vergessen will. Ich will nicht wissen, auf welchem Holz ich liege. Ich will nicht sterben. Ich will hier nur schlafen und endlich wieder etwas Schönes träumen. Von einem Supermarkt zum Beispiel. Oder von industriell gefertigtem Spielzeug. Gummibärchen und bunten Plastiktüten. Und von einer Freundin. Und Cola.
Mein Prinzessinnenkostüm knistert. Es ist noch immer sehr warm. Ich schlafe ein, bevor es richtig dunkel ist.

Ich träume von meiner Schwester. Sie liegt neben mir und schläft. Sie trägt kein Prinzessinnenkostüm, sondern ist mit Moos bedeckt. Saftiges, tiefgrünes, weiches Moos. Nur ihr Gesicht ist zu sehen. Meine Schwester schnurrt im Schlaf wie eine Katze. Ich streiche über das Moos, weil es so weich ausschaut. Davon wacht meine Schwester auf. Ich sage: Ich gehe zum Supermarkt, soll ich dir etwas mitbringen?
Da hebt meine Schwester eine Hand unter dem Moos hervor. Anstatt Fingernägeln sind Krallen daran. Meine Schwester zerkratzt mir mit ihren Krallen das Gesicht. Es tut weh, aber ich lasse sie kratzen und fauchen. Keinen Laut gebe ich von mir.

Als ich aufwache, liegt eine Katze zusammengerollt neben mir. Ich erschrecke, richte mich auf, die Katze schläft weiter. Sie ist mager, ich kann die Abdrücke ihrer Rippen sehen. Ihr schwarzweißes Fell hat Löcher und Knoten. Es ist völlig zerzaust. Sie schnauft, dann fiept sie, kratzt sich bei geschlossenen Augen mit dem Fuß hinter dem Ohr, dann rollt sie sich wieder ein und schläft weiter. Ich traue mich kaum, mich zu bewegen. Also bleibe ich liegen. Ich will der Katze etwas sagen im Schlaf, aber es fällt mir nichts ein. Auch mir fallen die Augen wieder zu. Ich schlafe weiter. In meinem Traum hat die Katze keinen Schwanz.

Als ich zum zweiten Mal aufwache, liegt die Katze noch immer neben mir. Sie liegt genauso zusammengerollt da wie zuvor. Aber jetzt schaut sie mich an. Nicht böse, nicht bedrohlich, aber auch nicht freundlich oder sanft. Sie schaut in mich hinein, als wäre ich ein leeres Glas, und ich schaue in die Katze hinein, als wäre sie ein leeres Glas. Ich überlege, was man in das Glas füllen könnte, aber nichts scheint mir passend. Es gibt Gläser, die leer bleiben müssen und sauber, damit sie im Morgenlicht glänzen. Die Augen der Katze glänzen jetzt in der ersten Sonne, die in meinen Turm scheint. Nur ein ganz kleiner Strahl fällt herein, aber die Katzenaugen funkeln so sehr darin, dass es mich blendet.
Dann richtet die Katze sich auf. Sie öffnet langsam und bedächtig das Maul und schließt es wieder. Sie gibt keinen Laut von sich, aber ich verstehe, was sie sagt. Sie hat Hunger. Ich rapple mich auf und denke: Ja doch. Ich auch.
Erst im Stehen bemerke ich, dass die Katze tatsächlich keinen Schwanz hat. Dort, wo er sein sollte, ist nur ein winziger, kläglicher Stummel.

Ich rutsche von meinem Turm hinunter, aber die Katze folgt mir nicht. Sie bleibt oben sitzen. Ich gehe ein Stück und drehe mich um. Sie sitzt noch immer im Turm und rührt sich nicht von der Stelle. Ich gehe wieder ein Stück und drehe mich noch einmal um. Sie ist weg.
Ich weiß, dass die Katze nicht hinter mir ist. Vielleicht werde ich sie nie wiedersehen, weil es sie gar nicht gab. Ich packe sie vorsorglich in meinen Koffer voll Nichts, da ist sie gut aufgehoben. Und wie alles andere vermisse ich sie darin nicht.

Ich gehe in einen Supermarkt. Es läuft sehr laute Musik. Ich summe mit. Summen kann ich besser als singen. Darauf hätte ich früher kommen können. Ich hätte mehr summen können in Bananama. Vielleicht hätte es mir geholfen, es dort schöner zu finden. Hier finde ich es gerade sehr schön. Ich habe es nicht eilig. Ich schaue mir Erdbeeren an, so riesige Erdbeeren, wie ich sie noch nie gesehen habe. Ich stelle mir vor, wie ich Zucker darauf streue, viel Zucker, bevor ich in eine hineinbeiße. Die Erdbeeren, die in Bananama wachsen, sind winzig. Mutter hat mir verboten, sie mit Zucker zu essen. Sie sagte: Die sind süß genug. Und gerade, weil sie so klein sind.
Ich finde aber, Erdbeeren können niemals süß genug sein und auch niemals groß genug. Keine Erdbeere auf dieser Welt ist so groß und so süß, dass es ausreicht, die toten Menschen und alles andere Traurige zu vergessen, wenn man nicht gerade das Glück hat, an Demenz zu erkranken. Aber diese Erdbeeren hier sind immerhin ein Anfang.

Eine Frauenstimme sagt aus dem Lautsprecher: Verpassen Sie nicht unsere Haustierwoche. Sagenhafte Rabatte auf Tierfutter und Tierpflegeprodukte.
Da muss ich doch an die Katze denken. Und dass ich für die magere Katze ohne Schwanz, die es vielleicht gar nicht gibt, ein wenig Futter kaufen sollte. Vielleicht gibt es sie erst dann, wenn jemand sie füttert.
Ich kaufe drei Dosen Katzenfutter und eine große, in Plastik verpackte Wurst. Für mich kaufe ich eine große Tüte voller Bananen. Und ein Glas Schokocreme. Ich kaufe noch eine Flasche quietschgelbe Limonade. Die Limonade ist so gelb, dass ich vor Freude rufe: Aaaaaahhh! Eine ältere Dame, die neben mir steht, sieht mich erschrocken an. Ich würde es ihr gerne erklären, weshalb ich mich so sehr freue. Aber da ist sie schon weitergegangen. Ich würde überhaupt gerne mit jemandem sprechen, auch wenn es nur über Limonade ist. Aber vielleicht ist das gar nicht mehr nötig, jetzt, wo ich eine Limonade gefunden habe, die so gelb ist und die ich einfach aus dem Regal nehmen und kaufen kann.
Ich bezahle mit einem großen Schein aus der Dose voller Kapital. Die Kassiererin trägt eine Tätowierung auf dem Unterarm: eine Eidechse. Wie zufällig streiche ich mit dem Finger darüber, die Kassiererin zwinkert mir zu und sagt: Die passt auf mich auf.
Auf dem Rückweg zu meinem Turm summe ich weiter das Lied, das im Supermarkt lief.

Ich frage mich, ob Mutter und Vater nach mir suchen, oder ob sie hinnehmen, dass ich verschwunden bin, wie so vieles einfach verschwunden ist aus Bananama. Es ist jetzt wie mit der Sense oder mit Hans, oder mit dem Eingemachten der Großmutter: Ich bin einfach weg. Und Mutter und Vater finden das noch nicht einmal seltsam oder schlimm, weil sie schon so daran gewöhnt sind, dass etwas einfach weg sein kann, von einem Tag auf den anderen. Weil das Wegsein und das Totsein sie schon lange nicht mehr schreckt. Es gehört zum Aussteigersein, dass man etwas verliert, dem man nicht nachtrauern darf. Sicher haben sie schon ein Lied gedichtet über ein neues Kind. Oder ein Kind vom Tauschkreis geholt. Falls der Tauschkreis überhaupt aus anderen Menschen besteht und nicht nur aus Vaters guten Ideen. Oder Mutter hat ein Kind getöpfert und Vater hat es im Ofen gebrannt. Vater ist sicher stolz auf mich, weil ich gegangen bin, ohne zu fragen. Das Kind hat seinen eigenen Willen, wird er sagen und: Kinder sind einfach wunderbar.

WAS ICH MIR WÜNSCHE:

Ich wünsche mir heimlich und leise, dass Mutter ein wenig weint und nichts mehr essen kann. Dass Vater die Polizei gerufen hat. Oder dass Mutter und Vater im Auto sitzen und durch die Gegend fahren, um nach mir zu suchen. Ich wünsche mir, dass Mutter mir über den Kopf streicht, wenn sie mich jemals finden. Dass sie sagt: Ich habe Angst gehabt hat um dich. Dass ich dann ein Eis bekomme, wenn ich eines will. Dass Vater mich wieder in der Schule anmeldet. Dass Moos wächst auf dem Dach unseres Hauses, und auch eine kleine Birke. Dass ein paar Ranken wilder Wein an den weißen Mauern hinaufklettern, die bald schon die Fenster umwuchern. Dass ich die Katze behalten darf, die es vielleicht gar nicht gibt. Dass es diese Katze nur in Bananama gibt. Dann wäre ich gerne ein Aussteiger. Dann wäre das neue Haus mein Zuhause und ich wäre frei und bereit für die Revolution.

Um meinen Turm ist nun mehr los als zuvor. Ein kleines Kind sitzt in der Sandkiste und lässt Sand durch seine Finger rieseln. Die Mutter sitzt daneben und tippt etwas in ihr Telefon. Auf der Sitzbank sitzt ein älterer Herr und liest Zeitung. Eine Frau mit einem winzigen Hund geht an der Bank vorbei und lässt ein kleines schwarzes Plastiksäckchen in den Abfalleimer fallen. Der Mann auf der Bank sieht auf und rümpft die Nase. Die Frau sagt zu ihrem Hund: Jetzt gehen wir nach Hause und frühstücken.
Ich klettere die Rutsche hinauf in meinen Turm und frühstücke auch. Zuerst trinke ich einen großen Schluck von der gelben Limonade. Sie kribbelt in meinem Bauch. Dann schäle ich eine Banane. Ich schäle sie langsam, Streifen für Streifen ziehe ich die Schale ab und rieche lange daran, bevor ich in das weiche Fruchtfleisch beiße. Es schmeckt nach gar nichts. Ich beiße noch einmal hinein. Möglicherweise kommt der Geschmack erst beim zweiten Bissen, oder ich muss mich erst daran gewöhnen. Aber auch der zweite Bissen schmeckt nach nichts, und auch der dritte, nichts und wieder nichts. Ich kaue sorgfältig und so lange, bis nur noch ein ganz feiner, dünner Brei in meinem Mund ist, den ich auf der Zunge zergehen lasse. Der Brei hat wirklich keinen

Geschmack. Die ganze Banane schmeckt einfach nach Luft. Oder noch weniger als Luft.

Ich schäle noch eine Banane und öffne das Glas mit der Schokocreme. Ich stecke die geschälte Banane tief in das Glas und ziehe sie wieder heraus. An der Spitze ist sie dick mit Schokocreme umhüllt. Die Schokocreme glänzt ein wenig. Ich schließe die Augen. Jetzt, denke ich, jetzt. Ich beiße mit geschlossenen Augen in die Banane. Ich merke, wie die Schokocreme an meinem Kinn hinuntertropft und an der Spitze meiner Nase klebt.
Die Schokocreme und die Banane zusammen ergeben in meinem Mund eine süße, weiche Masse. Ich kaue so lange darauf herum, bis Schaum daraus wird. Brauner Schaum, in den ich mich fallen lasse und tief einsinke. Der Schaum treibt auf dem Fluss, der nie an Bananama vorbeigeflossen ist. Er trägt mich fort. Egal, wohin.

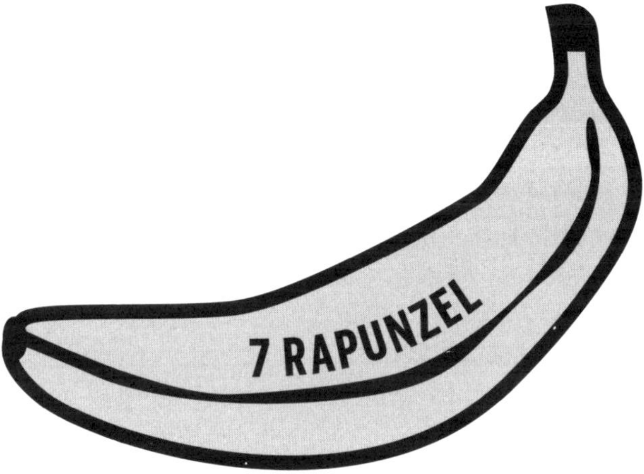
7 RAPUNZEL

Dort, wo ich jetzt bin, gibt es nur mich und die Katze ohne Schwanz. Wir sitzen auf einem Turm. Dieser Turm ist wie der Walnussbaum. Er war lange vor uns da, er weiß alles, aber sagt nichts. Der Unterschied ist nur, dass ich jetzt oben sitze und nicht mehr darunter. Der Schatten ist mit mir gewandert. Ich bin leichter als der Schatten und könnte die Walnüsse jetzt pflücken, bevor sie abfallen und zwischen den Gräbern vergammeln.

Ich spreche nicht mit der Katze, ich streichle sie nur. Sobald ich sie etwas frage, wird mein Turm zu wackeln beginnen. Der Katze wird ein Schwanz wachsen, und sie wird hineinbeißen und daran ersticken.
Ich schiebe der Katze eine Hälfte der Wurst hin, die andere Hälfte esse ich selber. Ich habe noch nie eine solche Wurst gegessen und finde, sie schmeckt wunderbar, salzig und fett. Die Katze leckt sich das Maul und will mehr.

WAS ICH MIR WÜNSCHE:

Ich wünsche mir, dass ich noch sehr, sehr oft zusehen darf, wie die Katze ohne Schwanz sich nach dem Essen das Maul leckt. Ihre Zunge ist durch und durch rosa-

farben und zart, bei ihrem Anblick muss ich zum ersten Mal seit Langem weinen.
Ich wünsche mir, dass ich noch viel, viel öfter weinen muss. Dass ich nicht mehr damit aufhören kann.

Ich öffne der Katze noch eine Dose Futter und sehe schweigend und reglos zu, wie sie die Fleischbrocken schmatzend verschlingt.